你好，
野生动物朋友

Wild Animals ①
I Have Known

[加] 欧内斯特·汤普森·西顿/著

江月/译

中国经济出版社
CHINA ECONOMIC PUBLISHING HOUSE

·北京·

图书在版编目（CIP）数据

你好，野生动物朋友：美绘精装版.1/（加）欧内斯特·汤普森·西顿著；江月译.--北京：中国经济出版社，2023.11

（银河少年世界名著美绘珍藏系列）

ISBN 978-7-5136-7548-2

Ⅰ.①你… Ⅱ.①欧… ②江… Ⅲ.①儿童故事-作品集-加拿大-现代 Ⅳ.①I711.85

中国国家版本馆 CIP 数据核字（2023）第 214868 号

责任编辑	龚风光　张　丽
责任印制	马小宾
封面设计	平　平

出版发行	中国经济出版社
印　刷　者	北京艾普海德印刷有限公司
经　销　者	各地新华书店
开　　本	710mm×1000mm　1/16
印　　张	16
字　　数	120 千字
版　　次	2023 年 11 月第 1 版
印　　次	2023 年 11 月第 1 次
定　　价	78.00 元

广告经营许可证　京西工商广字第 8179 号

中国经济出版社　网址 www.economyph.com　社址 北京市东城区安定门外大街 58 号　邮编 100011
本版图书如存在印装质量问题，请与本社销售中心联系调换（联系电话：010-57512564）

版权所有　盗版必究（举报电话：010-57512600）
国家版权局反盗版举报中心（举报电话：12390）　　服务热线：010-57512564

我所知道的野生动物朋友们

欧内斯特·汤普森·西顿

    我写的这些有关动物的故事，都是真实而可信的。

    本书所描述的所有动物故事都有事实来源，而不是虚构的。那些动物们各自表现出来的英雄气概、个性特征，其实比我描述的要鲜明得多。

    我在描写这些动物时，努力遵循着这样的原则：将动物个体的真实性体现出来，讲述动物个体的真实想法，而不是随心所欲地用充满恶意的目光看待它们。

    农场主们很清楚，在1889—1894年，生活在柯伦坡地区的狼王洛波（《狼王洛波的传奇一生》）就是那么狂放不羁，且它的一生极富传奇性。

    1882—1888年，宾果（《忠犬宾果的故事》）是我的爱犬，尽管我在这段时间曾去纽约进行过几次长期访问，使得我们之间的亲密关系偶有中断。对于这一点，我的曼尼托巴省的朋友都不会忘记。

  小野马(《野马飞毛腿的故事》)生活在19世纪90年代初期，与狼王洛波生活的时代离得很近。除了它的死亡方式还存在争议之外，这篇故事可以说是一篇非常严格的纪实文学。

  从某种意义上来说，乌利是两条狗的混合体：它们都是杂种狗，都有大牧羊犬的血统，也从小就被培养成了牧羊犬。可以说，《狐狗乌利异闻录》的前半部分是一篇实录。关于那条狗后来的事，人们只知道它成了一个杀羊成性的凶手。至于故事后半部分的细节，其实是依据另外一只狗写的——那是一条黄狗，它长时间过着双重生活：白天是一只忠实的牧羊犬，晚上则变成了嗜血好杀的怪物。

  诸如此类的事情并不少见。开始写这些故事以后，我就听说了另一条过着双重生活的牧羊犬，它残忍地虐杀着附近的小狗，并将这种暴行视为其夜间的一种娱乐活动。等主人发现了它的所作所为时，它已经杀死了二十条狗，并把它们藏在了一个沙坑里。这只牧羊犬死时的情况与乌利一模一样。

  红脖子(《松鸡红脖子的故事》)曾在多伦多北部的唐河谷地生活，我的很多同伴都还记得它。它是在1889年于宝塔山和法兰克堡之间的地方被害的。之所以隐去凶手的名字，是因为我想揭露的是整个人类——而不是某个人的恶行。

  野兔一只耳(《野兔一只耳的故事》)，银斑点(《乌鸦首领银斑点的故事》)和狐狸维克森(《春田狐的故事》)，都是依据真实的动物形象创作出来的。尽管我将其同类中的很多冒险经历都集中到它们身上,但是,书中描述的动物们的生活经历,无一例外全都来源于生活。

　　这些故事都是真实的,而不是虚构的——可以说,野生动物的一生总是以悲剧收场。

　　其实,我们与动物同属一个家族。人类所具有的高贵品质,动物身上不一定没有;动物所具有的优秀品质,人类也一样拥有。因为每一种动物都是具有七情六欲的美好生灵——相比于我们人类,只是在聪明程度上略有差别而已。所以,它们当然也应该享有自己的权利!

目录

了不起的大雁爸爸 / 001
1. 湖畔的大雁一家 / 002
2. 空中的雁叫声 / 005
3. 熟悉的鸣叫声 / 010

塔克拉山的熊王杰克 / 017
1. 冤家路窄 / 018
2. 杰克的耳环 / 024
3. 突如其来的交易 / 029
4. 杰克的烦恼 / 033
5. 独立纪念日 / 037
6. 9米高的巨熊 / 041
7. 猎人兰卡 / 048
8. 久别后的相遇 / 052
9. 亲人和仇人 / 055
10. 后背受伤的杰克 / 059
11. 识破圈套 / 065
12. 报仇雪恨 / 070
13. 可怕的熊王 / 074
14. 猎捕的代价 / 077
15. 兰卡的诱捕 / 082
16. 兰卡的悔悟 / 085

小麻雀兰迪的故事 / 091
1. 两只麻雀 / 092
2. 新家落成 / 096
3. 换鸟蛋 / 100
4. 夺巢之战 / 102
5. 兰迪的新生活 / 104

印度猴子吉妮的故事 / 111
1. "危险！" / 112
2. 吉妮的新朋友 / 116
3. 手杖上的刀子 / 122
4. 亲人 / 127

勇敢的小狗比利 / 133
1. 小傻瓜比利 / 134
2. 新来的虎头犬 / 136
3. 那头熊回来了 / 140
4. 大战灰熊 / 142
5. 勇敢的比利 / 147

少年与山猫的故事 / 151
1. 快乐的森林生活 / 152
2. 奇怪的"雷鸟" / 154
3. 那是不是熊？ / 159
4. 可怜的小鹿 / 161
5. 疟疾 / 166

6. 闪着幽光的眼睛 / 170
7. 致命的鱼叉 / 172

银狐多米诺的故事 / 177
1. 黑色的小狐狸 / 178
2. 狐狸的洞穴 / 185
3. 狐狸爸爸 / 188
4. 银狐传说 / 193
5. 可爱的新娘 / 200
6. 小女孩的奇遇 / 206
7. 战胜大笨狗 / 209
8. 迷幻药 / 216
9. 幸运的狐狸 / 222
10. 女孩与跛足狐狸 / 226
11. 猎捕大雁 / 229
12. 猎狗的追击 / 233
13. 邂逅库拉 / 239
14. 美丽的六月 / 243

了不起的
大雁爸爸

1. 湖畔的大雁一家

许多人说，黄鹂的啼叫十分美妙，如同在唱歌一样，可是，人们却很少提及大雁的鸣叫，那么，你听过大雁的叫声吗？

你知不知道，大雁的叫声也是非常优美的？大雁的叫声，不但能带给我们心灵上的感动，还能让我们体会到一种美妙而悠远的意境。

每次听到大雁的歌声，我都会有一种想要流泪的冲动，哪怕一直想要忍住，却仍然止不住，眼泪不断地落下来。由此可见，大雁的叫声带给了我非常强烈的震动。

在我的周围，曾经发生过一个真实而感人的故事。

我家的位置，似乎注定了我和它们的相遇。

那里有一片茂密的森林，清澈碧绿的湖水在四周静静地流淌，湖水中央还有一座美丽的小岛。我家就在这座美丽的小岛上，岛的四周生长着许多参天大树。

有一天，静谧的森林里突然出现了一阵扑棱棱的响动。出于好奇，我连忙跑过去察看，才发现那种响动是由两只白脸山雀雁发出来的，它们的脸上长着非常漂亮的白色羽毛。但是，不知道是什么原因，它们的翅膀居然折断了。

在如此美丽的环境中，它们可能不曾感觉到什么威胁，于是，就在这个小岛上安顿了下来。很快，它们的巢里就出现了几枚很大的蛋，然后，母雁就整日整夜地蹲在窝里孵蛋。这只母雁是非常有耐心的，因为这种没意思的事情，它居然坚持了将近一个月！甚至，除了每天下午出去觅食半个小时以外，它几乎始终都会待在窝里兢兢业业地孵蛋。

母雁如此辛苦，那么公雁呢？公雁每天都在湖面上围绕着雁巢游来游去，尽管从不孵蛋，却也总是认认真真地看家护院，守护它的妻子。虽然它们之间没有太多的交流，但这种默契之下的相互配合、各司其职，一样令人称羡。

终于，有一天，出于好奇，我忍不住想去岛上看一看，但令我想不到的是，我正准备划船的时候，母雁就开始"嘎嘎嘎"地乱叫，似乎在给公雁发警报。这时公雁也立刻回应，迅速地游到了小船的前面，看起来非常愤怒，像是在尽力赶走我这个"不怀好意"的人。面对公雁表现出来的明显的敌视态度，我只能悻悻而归。

在之后的很长一段时间里，我都没有继续对这对大雁夫妇进行观察，但是有一天，一阵轻轻的雁叫声突然传来，我这才反应过来，原来母雁下的蛋已经孵化出来了——破壳而出的小雁全身呈嫩黄色，毛茸茸的，非常可爱！

出人意料的是，在小雁们出世的第二天，它们的爸爸妈妈就带领着它们下湖游泳了。它们夹在爸爸妈妈的中间，竖着排成一长条，游得开心极了。一家八口差不多每天都以这样的队形在湖里游来游去，看上去自由而快乐。

其实，在自然界里的许多生物中，大雁算不上强者，甚至，在它们的成长过程中潜藏着数不清的敌人——盘旋在天上的勇猛的苍鹰，潜游在水底的凶猛的大水龟，以及生活在陆地上的各种蛇和嗅觉灵敏的野狗等，无时无刻不在威胁着这些可爱的小雁。而这些凶猛的动物之所以不敢轻举妄动，是因为它们十分忌惮公雁的勇猛防卫。

这样充满着乐趣的日子过得非常快，三个月以后，可爱的小雁们慢慢长大了，体型都赶上爸爸妈妈了。

又过了一个月，小雁们就已经全部褪去了毛茸茸的可爱容貌，也长出了坚硬的羽毛，这时，它们就要开始学习展翅翱翔了。

茁壮成长的小雁们开始每天勤奋训练，它们的翅膀一天比一天强壮，自己也一次比一次飞得高，直到能够在高空中自由地翱翔。

它们会用欢快的歌唱将整片天空征服！

2. 空中的雁叫声

没过多久,迁徙的时间到了。树叶开始变黄,接着一片片凋零,这表示秋天到了,候鸟开始从北方向南方迁徙。

这天,一群从北方飞过来的大雁"嘎嘎嘎"地叫着从天上飞过,在空中排成了一个"人"字。正在湖面上的公雁听到那清脆响亮的叫声,连忙伸长脖子仰头大叫,努力回应着雁群的叫声。母雁也带领着小雁们下了水,它们都"嘎嘎嘎"地叫着,似乎是在七嘴八舌地讨论着一件大事。

母雁好像是在问小雁们:

"孩子们,我们和它们一同展翅翱翔好吗?"

"好啊!好啊!"

就这样,它们将翅膀展开,用力地拍打着水面,而且速度越来越快,如同在水面上奔跑。很快,它们腾空而起,被满腔的兴奋之情鼓舞,它们更加用力地扇动翅膀,大声地歌唱,似乎这样就能更快地追上雁群,飞向温暖的南方。

但是,这时候,小雁们忽然发现,自己的爸爸妈妈似乎并没有飞上天空,而爸爸妈妈的呼叫声在这时也传到了小雁们的耳朵里——"孩子们赶紧下来!"父母急切而担心的呼唤声令小雁们感到困惑不解,它们低头一看,只见爸爸妈妈正在水面上用力地拍打着翅膀,尽管已经溅起了一阵高高的水花,但它们似乎怎么都飞不起来。

小雁们在空中盘旋了一阵子，接着一个一个慢慢地扇动翅膀滑翔到了湖面上。落下来以后，小雁们才明白，爸爸妈妈的翅膀居然受过很重的伤，甚至，直到现在，它们的翅膀也没有彻底复原，所以没有办法用力地扇动翅膀飞起来。

这样一来，让爸爸妈妈在水面上起飞就成了一件非常困难的事情，小雁们不得不重新想办法。这时，母雁带着孩子们来到了湖面的北半部分，那里的湖面相对来说比较广阔，滑行距离可以更长，助飞效果与刚刚所在的湖面相比也会强一点。

做好准备之后，母雁用充满期待的眼神看着小雁们，说："孩子们，让我们再试试！"

小雁们一个接一个，顺着游泳时的队形依次向后传递妈妈的话，直到停在了公雁那里。排在队尾的公雁发出了一声响亮的口令："起飞吧，孩子们！"

伴随着一阵"扑通扑通"的声音，小雁们使劲儿用脚掌踩着水面，同时奋力地扇动翅膀，于是它们一点点地离开了水面，飞到了空中，慢慢地向高空飞去。但是，这次依然没有出现爸爸妈妈的身影，就在这时，它们听到了爸爸妈妈焦急的呼喊声："孩子们，赶紧下来吧！"

乖巧的小雁们再次回到了湖面上，尚未彻底复原的翅膀让爸爸妈妈毫无办法，哪怕用尽力气扇动翅膀，也依旧无法起飞。

于是，每天看着从天上飞过的雁群，听着雁群持续不断的召唤声，湖上的大雁一家也慢慢显得焦躁起来。随着时间一天天过去，深秋很快就来临了，天空中经过的雁群变得越来越少了，湖上的大雁一家依旧每天都会练习飞翔，甚至每天要飞二三十次，却还是飞不起来。

寒冷的冬天终于到来了，但一家八口还是没有能够和别的大雁一起飞向南方。大雁爸爸和大雁妈妈依旧飞不起来，而小雁们也不忍心抛弃它们，于是，一家人最终决定放弃迁徙，就留在这里过冬。

一转眼，冬去春来，从南方归来的雁群们又开始向北飞，大雁一家想要跟随雁群的心也在蠢蠢欲动，可令人失望的是，经过数不清的尝试，大雁夫妇依旧飞不起来。最后，大雁一家只能无可奈何地放弃了。

当炎热的夏天来临的时候，大雁一家又增加了新的成员，因为大雁夫妇又孵了一窝幼雁。不过，对大雁爸爸而言，无论小雁们长到多大，都是自己的孩子，所以，对孩子们的照顾也从未顾此失彼。

慢慢地，秋天又到来了，雁群迁徙的歌声再一次响起。听到歌声的大雁宝宝们都跃跃欲试，但爸爸妈妈还是把它们叫回来了，而这时的幼雁数量已经是去年的两倍了。莫非这群大雁最终都无法完成迁徙？它们只能一直生活在这片美丽的湖上吗？

3. 熟悉的鸣叫声

转眼又是一年，树叶开始变黄，然后伴着秋风飘落到地面上。

本来以为今年的情形依旧一成不变，但是，这一年，事情却发生了一些变化。这一年的秋天，大雁夫妇像以前一样，在雁群飞过的时候，带领孩子们在湖面上使劲儿地拍打着翅膀。这一次，大雁妈妈终于飞起来了。它的羽毛就像它的孩子们一样，是新生的，它终于能够展翅高飞了！

大雁妈妈非常开心，果断地带着它的孩子们冲上了湛蓝的天空。

但排在队尾的大雁爸爸依旧没有飞起来，哪怕它声嘶力竭地呼喊着它的家人："赶紧下来！赶紧下来！"但是，飞到了高空之上的大雁妈妈和小雁们并没有听到它的呼喊声。而此刻，这里就只剩下了大雁爸爸这一只飞不起来的大雁了。等到它的家人们已经飞离了湖面，飞到了很远的地方，大雁爸爸还在湖面上独自望着天空。

大雁爸爸的家人们已经飞走了，冬天又快要来临了。这时，每当天空中有鸟儿飞过的时候，大雁爸爸都会抬头仔细地观察。但是，这些鸟或是老鹰或是乌鸦，始终没有它的妻儿们的影子。这时，大雁爸爸就会显得极为失望，然后默不作声。

于是，最后，在这个冬天，真的就只剩下大雁爸爸孤零零地在这片湖面上生活了。

等到第二年的春天,当湖面上厚厚的冰层慢慢融化,也就是雁群回来的时候。每当听到空中雁群的叫声,大雁爸爸都会高声向着空中呼喊,以回应空中的雁叫声。不过,让它失望的是,空中的雁群都是叫着叫着就飞向了远方,其中并没有它的家人。

每天,大雁爸爸都会在渐渐融化的冰层上游来游去,然后,在雁群飞过的时候提高嗓门向着天空呼唤,它一直期待着家人有一天能够出现在飞回北方的雁群中。

在动物界中,大雁是特别忠贞的鸟儿,它们会对自己的另一半十分忠诚,不会背弃,也不会离开。

等到树木开始长出新叶,也就表示四月份到了。这时,树木已经长得郁郁葱葱,鸟儿们也开始在树林中愉快地嬉戏着,但让大雁爸爸感到失望的是,它从未见到过家人的身影。

但是,即使如此,大雁爸爸依旧不间断地冲着天空大声呼喊:

"嘎嘎嘎……"

一天,湖面上的大雁爸爸像往常一样对着天空呼喊着,突然,大雁爸爸脖子上的毛几乎都竖了起来,显出非常兴奋的样子,是它的妻儿们回来了吗?

回应的声音起初很细微,不认真听甚至根本听不到,但是声音越来越近、越来越大,十几只美丽的大雁突然一个接一个地落到了湖面上。

没错,这群大雁就是大雁妈妈和它们的孩子。一落到湖面上,它们就飞快地游到了大雁爸爸的身边，使劲伸长脖子，想要热情地拥抱大雁爸爸。它们不断地叫着，如同久别重逢后的问候，却又像极了人们在离别之后相互倾诉思念之情。

这时候，孤零零的大雁爸爸总算和它的家人们团聚了。而且，能够看出，它的妻儿们也从未忘记过被独自留下的它。

但是，后来，每一次秋天的来临，都意味着一家人的分离，无法飞翔的大雁爸爸总会孤零零地留在这里，等待着在温暖的南方过冬的家人们在春天归来，再次团聚。

而这么久以来，不管我是否还住在湖边的森林里，每次听到大雁"嘎嘎"的鸣叫声，依然会格外激动。

塔克拉山的
熊王杰克

1. 冤家路窄

美国的加利福尼亚州和内华达州的交界处有一座著名的山脉，名叫内华达山脉。塔克拉山，就位于内华达山脉的西坡上。

熊王的故事就是在这里发生的。

塔克拉山的山脚下有一个美丽的湖泊，湖水如同绿宝石一样深邃迷人，它就是著名的塔霍湖。从山脚下放眼望去，那动人的色调和美景令人沉醉不已。松林广阔得像海洋一般辽远无边；而远处被白雪覆盖的沙斯特山，岿然耸立，庄严肃穆。只要是眼睛能够看得到的地方，都是美得令人窒息的绝佳景色。但是，有人对这美丽的景色视而不见——他就是兰卡。

他在干什么呢？看看，他骑在马上，用炯炯有神的双眼到处搜索着。很显然，他对周围的美景并不感兴趣，捕猎野兽才是他的兴趣所在。兰卡作为一个猎人，对自然界中的猎物有一种敏锐的感觉，绝对不会忽略任何一点儿细微的线索，因为他知道——

在那些小的变化中蕴含着重大的意义。他甚至做好了随时与野兽大干一场的准备。

对他而言，欣赏美景则纯粹是在浪费时间。

兰卡在马上向四处张望，不一会儿就发现了新的线索。他看见，在满是裂缝的花岗岩山峰上有一些模糊的脚印。那脚印巨大、细长，而且其中的一边比较宽。一般情况下，即使运用仪器也很难辨认这种脚印。但是，对兰卡来说，这方面完全不是问题。他认真地看了看，立刻就得出了结论：这肯定是熊的脚印。

兰卡继续认真地观察，又发现了一些较小的脚印，而且，小脚印与大脚印走向了同一个方向。于是，兰卡断定：这是一头母熊带着两头小熊。再细心地察看一下，哇！被踩过的草，有的居然还没有站立起来。

兰卡明白了：现在，母熊和它的孩子可能还没有走远。

兰卡骑在马上，认真地察看着地面，追踪着熊的足迹，然后接着前行。兰卡的马也闻到了熊的气味，因此变得越发小心。不一会儿，马就停下了脚步，不愿再向前走。很明显，它感到害怕了。

如此一来，兰卡就知道了：熊肯定就在这附近！

兰卡在离一个小山坡很近的地方下了马，然后把缰绳放在地上，好像在告诉马："你站在这里，不要动！"

随后，兰卡拿着枪爬到高处，小心地前进。爬到山顶后，兰卡越发小心了——万一惊动了熊那可是一件十分恐怖的事情。又过了一会儿，兰卡终于将目标锁定了——首先映入他眼帘的是两只小熊；而另一头雌性灰熊，也就是它们的妈妈，正躺在它们的对面。

想在50米外瞄准一只熊，是一件非常困难的事情。可是兰卡一点儿都不在乎，他举起枪，瞄准母熊的肩膀扣动了扳机。不过，母熊只是受了伤，并没有被杀死。受了惊吓的母熊立刻跳了起来，冲着兰卡飞奔而来。

兰卡一看，急忙转身就跑。

现在的情况就是：母熊从距离兰卡50米远的地方飞奔而来，而兰卡和他的马之间相距15米。如果兰卡想要逃脱，就必须要骑上马。

当兰卡刚刚跨上马背的时候，母熊已经飞奔冲到了他的跟前。兰卡和马都十分狼狈。母熊和马并排跑出了一百多米。在此过程中，母熊有数次差点儿咬住兰卡和马，庆幸的是，每次兰卡和马都飞快地躲开了。灰熊不能持续快速奔跑，所以，马慢慢地把母熊甩在了身后。最后，母熊不得不放弃了继续追赶兰卡的念头。

兰卡最终成功地捡回了一条命。

大难不死的兰卡并不死心，他想："总有一天，我要报复这头母熊！"

一周后的一天，兰卡正在深深的山谷边上走着，忽然发现谷底有什么东西在动。他认真地看了看，天哪！冤家路窄，居然又是那头母熊和它的两只幼崽！

机会总算来了！

兰卡立刻端起猎枪。

母熊根本不知道死神即将降临，它来到清澈的水边，停下脚步想要喝点水。就在此时，兰卡扣动了扳机。听到枪响后，母熊立刻转过身子，用它的前腿拍打着自己的孩子，把它们赶到了树上。可就在此时，兰卡的第二粒子弹又来了。母熊中弹后从山坡上滚了下去，嘴里发出了沉重的呼吸声，不一会儿，它又跳了起来，爬上斜坡，冲向站在山坡上的兰卡。不料，兰卡的第三发子弹正巧打中了它的头颅！

可怜的母熊一下子滚落谷底，一命呜呼了！

之后，兰卡也来到了谷底，在母熊的身上补射了一枪。然后，他重新装上子弹，回到了小熊的藏身处，也跟着爬到了树上。看到兰卡越来越近，两头小熊只好向更高的地方爬去。它们发出了"呜呜"的叫声，其中一头在伤心地抽鼻子，另一头则愤怒地冲着兰卡吼叫着。

不过，它们的抗议是徒劳的。兰卡把两头小熊捆绑了起来，拽到了树下。

刚到地上的时候，尽管其中一头小熊的身上还绑着绳索，却猛地向着兰卡扑了过去。虽然它的身体如同猫一样大，可是力气却大得惊人。倘若不是兰卡见势不对给了它一棒子，说不定这个小东西真的会把他弄伤呢。

随后，兰卡把两头小熊装进布袋，放到了马背上，他也骑上马朝着家里走去。

2. 杰克的耳环

回到小屋后，兰卡从布袋里拎出小熊，并给它们戴上了项圈，然后，用链子把它们拴在了树桩上。在开始的两三天里，小熊们还不太适应这种生活，索性绝食了。甚至有几次，它们还被拴自己的链子缠住了脖子。后来，可能是因为太饿了，它们就喝了一点儿兰卡拿给它们的牛奶。

一周后，小熊们放弃了抵抗——毕竟，一直绝食也起不到任何作用。或许，它们已经接受了自己的命运。于是，每当觉得口渴或者肚子饿的时候，它们就开始叫唤，为的是把信息传递给兰卡。

猎人兰卡分别给两头小熊取了名字，公的那头叫杰克，母的那头叫吉尔。吉尔的脾气非常暴躁，性子也很急。而杰克却特别乖巧，它喜欢做各种好玩的动作，把人们逗得哈哈大笑。

过了一个月，杰克已经慢慢适应了这里的生活。于是，兰卡尝试着解开杰克的锁链。出乎意料的是，杰克不仅没有逃跑，还像小狗似的，一直紧跟在兰卡身后。

因为杰克总能做出一些搞笑的动作，所以，兰卡的朋友们都特别喜欢这只小熊。

一条小河蜿蜒流过兰卡居住的小屋，小河边有一片草原。兰卡经常去那片草原割草，每当这时，小熊杰克也总喜欢与他同行。在兰卡挥动镰刀割草的时候，杰克就自己在一旁玩耍。有时，杰克还会坐在兰卡的外套上帮他看管衣服呢！

杰克非常喜欢吃蜂蜜。每当兰卡在地上发现蜂窝的时候，就会冲着它大声叫喊："杰克，赶紧过来啊，这里有蜂蜜！"

很快，杰克就会像圆球一样滚到兰卡的身边，一边开心地抽动着鼻子，一边小心地靠近蜂巢。杰克知道蜜蜂有蜇人的针，所以，在挖出蜂巢之前，它会先用前脚打落蜜蜂，然后用力踩死。接着，它会轻轻地扒开土，再把蜂巢挖出来。

挖出一部分蜂巢后，杰克就会把蜂巢里的蜜蜂全赶出去，再把它们弄死。等它干掉所有蜜蜂后，它才会把蜂巢整个儿挖出来。吃的时候，它会先舔光蜂蜜，再吃掉幼虫和蜂蜡。最后，它会把那些死去的蜜蜂一只只放进嘴里。

老罗是兰卡的一个朋友，他住在与兰卡的小屋相距2千米的地方。

老罗之前看到过杰克采蜜的情形。一天，老罗来到兰卡家，对他说："兰卡，你把杰克带出来，我们逗它玩儿玩儿怎么样？"

兰卡没有理由拒绝这个提议。于是，他带着杰克，跟着老罗来到了河边。

在前面带路的老罗来到了一棵大树前，指着上面对杰克说：

"杰克，快看，那上面有你喜欢的蜂蜜哦！"

只见一个马蜂窝悬在空中，就像一个气球。杰克歪着脑袋向树上望去，在树枝周围有很多"蜜蜂"正嗡嗡地飞着——杰克从未见过悬挂在树上的蜂窝。

虽然有点儿迟疑，但是杰克还是开始爬树了。这时，老罗和兰卡留意着小熊的一举一动。兰卡不禁有些担心，虽然杰克笨拙的样子非常可爱，但是，让自己心爱的小熊去冒这种危险，他还是有些不情愿的。

老罗却完全不在乎地大声喊着："哈哈，真有意思！好玩儿的事情就要发生啦！"

杰克沿着树干，爬到了蜂巢所在的粗大枝干上。它往下一看，可以看到下面的河水在慢慢流动。杰克抽动着鼻子，非常小心地向前一点点接近了蜂巢。马蜂们发现杰克闯入了自己的地盘，于是愤怒地嗡嗡乱叫，四处飞舞。小熊有些焦虑，于是，往后退了几步。

两个人见此情形，不由得在树下哈哈大笑起来。

老罗依然若无其事地诱惑杰克："赶紧去呀，杰克！那不是蜂蜜吗？"

不过，杰克仍旧站在粗大的枝干上一动不动，直到嗡嗡飞舞的马蜂全都飞进了巢穴。此时，它抽动着小鼻子开始行动了——它非常小心地靠近树枝的顶端，一点一点地来到蜂巢的上方。很快，杰克伸出毛茸茸的前爪，一下子就把蜂巢的出口压住了。

出口一被堵住，马蜂就飞不出来了。

然后，杰克用两只前爪抱住蜂巢，猛地跳进了河里。在水中，杰克用后爪把蜂巢抓了个粉碎，然后游到了岸上。被弄坏的蜂巢顺着河水漂走了，杰克在河岸上不停地追逐蜂巢。蜂巢顺着河水一路漂流，过了一会儿，就在一个浅滩处搁浅了。杰克再次跳到水里，开心地将蜂巢搬上了河岸。

杰克发现蜂巢里没有蜂蜜后，觉得有些失望。不过，蜂巢里面有很多肥嫩的幼蜂。于是，杰克大吃起来，一直到肚子鼓得像皮球一样。

老罗原本以为他一定能够看到小熊在树枝上被马蜂蜇的狼狈相，但是杰克却轻而易举地就把美食弄到手了。因为小熊没有被难倒，兰卡觉得非常高兴，就用愉快的语调问老罗：

"怎么样，我的杰克够聪明吧？"

老罗尴尬地笑着说："这次，倒让你们看我的笑话了！"

老罗的家里养着羊和狗，杰克每次跟着兰卡去老罗家都会被欺负。因此，杰克最讨厌去老罗家。老罗的狗却非常喜欢欺负杰克。在一般情况下，它会在杰克不注意的时候，瞄准杰克的脚后跟咬上一口，然后立刻逃掉。杰克的动作没有狗迅速，狗一靠近，它就立刻逃到树上去了。

所以，每当兰卡带着杰克去老罗家的时候，它就会悄悄地溜回去。就算这样，它还是躲不掉那条讨厌的狗——有时候老罗也会带着狗来兰卡家。

这一天，老罗又带着那只狗来到了兰卡家。他们坐在兰卡的小屋前尽情地聊天，此时，杰克又被狗赶到了树上。之后，狗就趴在树下打起盹儿来了。

开始的时候，杰克就在树上一动不动，等到狗睡着了，它就想出了一个好主意。

杰克偷偷地将身体移到了狗的正上方——那条狗正躺在树底下做着美梦呢！看吧，它时不时地蹬着腿，嘴里还不停地发出幸福的呜呜声，似乎正在梦里追逐、欺负杰克呢！

杰克站在树枝上仔细观察着下面的狗，等看准后，它突然唰啦一下从树枝上跳了下来，身体正好砸在了狗的身上——狗的骨头几乎就要被压断了，它体内所有的空气都被挤了出来，甚至都不能"汪汪"叫了。

最后，它喘了很长时间，依然晕头转向，不得不灰溜溜地逃掉了。

从那以后，老罗的狗再也没有来过兰卡的小屋，更别说欺负杰克了！

光阴似箭，杰克一天天长大了，成了一头强壮的熊。有时，它会和兰卡一起去远方。一直以来，兰卡都非常担心杰克会被猎人打死——他们会误以为杰克是野生的熊。幸亏，兰卡的一个放羊的朋友给他出了一个好主意：

"没关系，给它戴只耳环就行了。"

于是，兰卡也不管杰克是否愿意，就在它的耳朵上打了两个洞，还给它戴上了两个非常显眼的大耳环。

杰克非常讨厌那两个大耳环。它好几次想把耳环弄掉，但是，挣扎了很多天都没有成功。终于，有一天，树枝钩住了左边的耳环，

它趁机用力一拉,就把耳环扯了下来。这样一来,杰克的耳朵上就只有一只耳环了。于是,兰卡就把它右面的耳环也取了下来。

3. 突如其来的交易

和杰克的受宠与自由不同的是,吉尔一直被铁链锁着。于是,它们之间形成了鲜明的对比:杰克越来越聪明,越来越充满活力;吉尔却越来越阴郁,越来越沉默寡言。

有一天,兰卡不在家。吉尔不知怎地挣脱了锁链,和杰克一起来到了兰卡的仓库。然后,它们就在那里搞起了破坏:挑出好吃的食物并吃掉。吃饱后，它们又搬出了盛着面粉和奶油的口袋，把里面的东西统统倒在了地板上。然后，它们就在铺满面粉和奶油的地板上来回打滚——其实，它们并不知道，为了把那些东西弄回来，兰卡走了很远的路。

就在杰克弄坏最后一袋面粉，吉尔正要撬开装有炸金矿的炸药的箱子时，门口突然变暗了。小熊们向那边看了一眼，这才发现兰卡就站在那里。兰卡看到眼前的情景，简直气坏了！

两头小熊可能也知道自己闯下大祸了。吉尔立刻皱起眉头，悄悄地溜到了仓库的角落，目露凶光，准备自卫。但杰克调皮地歪着头，抽动着鼻子，发出开心的叫声，并坦然地跑向了兰卡，伸出两只黏糊糊的前腿，想让主人抱抱：那模样好像完全忘记了自己的恶劣罪行。

兰卡本来正要大发雷霆，可当他看到杰克跑向自己的可爱的样子，他的怒气立刻就消去了一半。他对着杰克吼叫道：

"你这个小坏蛋！看我怎么收拾你！"

虽然话是这么说，但是兰卡还是和平常一样，抱起这头脏兮兮、黏乎乎的小熊，并和它像平常一样亲热起来。

既然事情是杰克和吉尔一起干的，而杰克逃脱了惩罚，那么，吉尔也不应该受到惩罚才对。可事实并不是这样。吉尔不仅受到了惩罚，而且还再次被主人用链子拴了起来。

兰卡的心情还是非常糟糕，一方面是因为乱七八糟的仓库，另一方面是因为他在回家的路上又摔了一跤，把枪给弄坏了。

那天夜里，来了一个带着两匹装满了货物的马的陌生人，他请求兰卡让他借住一晚。兰卡同意了。陌生人住下后，杰克出来了。看到陌生人，杰克十分兴奋，欢跳地闹腾着，还模仿狗的动作，把兰卡和陌生人逗得开怀大笑。

第二天早上离开的时候，陌生人对兰卡说："我想买下你的两头小熊，25美元两头。你看怎么样？"

兰卡想到食物已经被糟蹋了，枪也弄坏了，而且自己此时已身无分文。于是，他说："每头25美元，一共50美元。如果你愿意出这个价，我就把它们卖给你。"

陌生人说："可以，一言为定！"

说完，陌生人就掏出50美元交给了兰卡，然后，就准备带走两头小熊。

陌生人在马背的两边各放了一个筐子，两头小熊一边放一头，然后准备离开。吉尔依然沉默着，杰克却非常伤心，不停地抽着鼻子，发出"呜呜"的哭声。听到这个声音，兰卡心头一震，差一点就要反悔了。可是，他想到自己现在的窘境，于是，故意装出毫不在乎的样子，对自己说：

"唉，卖掉也好，否则仓库里的粮食又要遭殃了！"

不一会儿，陌生人就带着两头小熊消失在了远方的森林里。

小熊们离开后，兰卡一下子感到无比寂寞。他不断地安慰自己：

"唉，它们总算走了，这下我的耳根终于清净了！"

他收拾好屋子里乱糟糟的东西以后，又来到仓库忙活了一阵。最后，他终于清闲下来了。但是，一看到杰克睡觉时用的箱子，他就觉得一点儿精神都没有了。然后，他又看到了杰克想进小屋时抓挠过的门。如今，挠痕还在，杰克却不在了。

过了一个小时，兰卡就像失了魂魄一般。他不知道自己想干什么，这儿摸一下，那儿摸一下。最后，他实在忍受不了了，赶紧抓起钱包，跳上马去追那个买熊的男人了。两个小时以后，兰卡在河边追上了那个男人。

兰卡喘着粗气喊道：

"喂，等一下，兄弟！刚才的买卖我不做了，我把钱都退给你，请你把我的熊还给我吧。"

谁知那个男人却面无表情地说："是吗？可我对刚才的交易非常满意哦！"

"但是我很后悔，我现在不要你的钱了！"兰卡说着，就把那个男人给的50美元扔到了地上，然后走向了小熊。

听到主人的声音，杰克兴奋地叫了起来。

"把手举起来！"男人的声音里充满了冷酷与愤怒。

兰卡转过身一看，男人手中的枪闪着寒冷的光。

兰卡说："兄弟，咱们商量商量好吗？这头小熊是我唯一的伙伴，我们在一起已经很久了。如果你带走它，那么我会非常难受的。如果你真的喜欢熊，那么，我不要你的钱，直接把另一头送给你。但是请你让杰克留下！"

那个男人根本不跟他商量，用可怕的声音说："别废话！如果你给我 500 美元，我还能考虑把它还给你。否则，你就乖乖地朝前走到那边的大树底下去。把手举起来，别回头，快走！"

他的话是那么冷酷、残忍，听起来就像真要杀人一样。

兰卡只好将手举起来，眼睁睁地看着杰克被那个陌生人带走了。

4. 杰克的烦恼

人的思想有时真的难以捉摸。

当一个人喜欢上一件东西时，总会想尽办法把它弄到手；可当真的得到后，却又不懂得珍惜，甚至懒得去理。

就像那个买小熊的人。当时，为了买到杰克和吉尔，他虽然花了很多钱，却觉得非常划算。可一旦把自己想要的动物弄到手后，他就开始觉得没意思了，甚至开始讨厌它们。后来，如果有人愿意给到一半，乃至四分之一的买价，他就愿意把它们卖掉。

最后，他甚至索性免费赠送，把它们送给了比尔克罗斯牧场主。当然，牧场主也不是白要的，而是用一匹马作为回报。这样一来，两头小熊就到了牧场主的家里。

其实，两头小熊只在那个人手下生活了一个星期。

牧场主回到农场后做的第一件事，就是把两头小熊从筐里拎出来。这时的杰克非常乖，任由对方摆布；但是暴躁的吉尔则完全相反，在新主人往它的脖子上套绳圈的时候，猛地就把牧场主抓住，甚至还把他的手腕抓成了重伤。在之后的两周里，牧场主不得不将受伤的胳膊用纱布挂在脖子上。不过，吉尔也没什么好果子吃：它随即就被牧场主杀了。

因为受到吉尔的牵连，杰克的日子也不好过，它不仅没有得到自由，而且，脖子上还被套上铁链子拴在了院子里的木桩上。如此一来，它每天唯一能做的事情，就是孤零零地在牧场的院子里来回溜达，生活非常无聊。而且，杰克的活动范围受到铁链子的限制只能绕着木桩走，真是太无聊了！

一个星期，两个星期，一个月，两个月……时间匆匆流逝，很快，杰克已经在这个牧场待了一年半了。在这段日子里，杰克过着非常单调的生活，简直毫无乐趣可言。以前，杰克总是喜欢做一些有意思的动作逗人们开心，可是来到这里以后，它好像忘记了那种事情。

杰克的活动范围的直径不足7米。虽然它能够看到远处的松林、附近的山冈，乃至近在咫尺的牧场小屋，但对它来说，这些美好的东西都是只能观望而难以触摸的，似乎和它没有什么关系。

当然，杰克也在不断变化——它的体形不断变大，所以，睡觉的桶也在不断变大，这是仅有的变化了。一开始，它在装奶油的木桶里睡觉，后来，换成了装钉子的大桶，接着，又变成了装面粉的木桶，再然后换成了油桶。如今，它住在一个巨大的、像一个大洞穴一样的啤酒桶里。

杰克忘掉了以前一切可爱的把戏。现在，它唯一会做的滑稽动作，就是把瓶盖打开喝啤酒，并表演给人们看。

其实，这个牧场的主人还经营着一家旅馆，不过，那些在旅馆里的男人往往是品质恶劣之徒。有时候，这些醉汉们为了寻开心，就想看杰克表演开酒瓶，还经常让杰克喝光一整瓶的啤酒。

杰克却毫不客气地接过酒瓶，一屁股坐到地上，用两只前脚举起瓶子，"砰"地拔出木塞子，然后，"咕嘟咕嘟"地一口气把啤酒喝完。

太有意思了！接着，这些无聊的男人们又想出了一个更有意思的项目。他们把狗带来，想让杰克和狗一决胜负。那些受到怂恿的狗不知死活地吼叫着猛扑向杰克。杰克却无所畏惧地一下子就跳了过去，准备迎接挑战，动作非常迅猛。

开始的时候，因为铁链一旦被拉直，杰克就会被猛地拖住了。这时，别的狗就会抓住机会，从后面猛扑上来。因为这个阻碍，杰克吃了不少亏。结果，经历了许多次这样的事情之后，杰克也变聪明了，改变了与狗的作战方法。

每次遇到狗挑衅的时候，杰克就会靠在大桶前慢慢地坐下来，静静地看着汪汪大叫的狗群，表现出一副完全没有兴趣的样子。而当无知的狗靠近它时，杰克就会猛地跳起来，飞快地扑向狗群，把它们打散。

因为狗群是聚集在一起的，所以，在仓皇逃跑的时候，它们相互拥挤碰撞，那么，落在后面的狗就根本来不及逃跑。于是杰克就会趁乱抓到没逃掉的狗,并痛快地大开杀戒。这样一来,杰克杀死的狗就越来越多。渐渐地,男人们便不再把他们的狗带来和杰克打架了。

在这个过程中,杰克还让两个男人倒了大霉。它把其中一个抓成了重伤;而另一个因为喝了酒,嚷着要和杰克打一架,结果差点儿被杰克咬死。于是,如今的杰克已经成了大家公认的性格暴躁的"杀手熊"了。

其实情况也并不都是如此。有一次,大家对于发生在杰克身上的一件事情感到特别意外。

那天夜里,牧羊人费科在酒吧里喝多了,同伴们非常不高兴。于是,这些人想了个办法,想让费科赶紧出去。后来,费科摇摇晃晃地从酒吧里逃到了院子里。他的同伴们也摇摇晃晃地出来了,但费科失踪了。

醉鬼们想:费科或许掉到后面的河里,淹死了。于是,他们就一个个返回了酒吧。

第二天早上,旅馆的厨师刚来上班,就听到从院子里传来的一阵说话声:

"喂,往那边挪挪,挤死我啦!"

厨师觉得非常奇怪,循着声音走过去,发现声音居然是从杰克的大木桶里传出来的。而且,大桶边还露出了一个人的胳膊,同时传来了杰克的"呜呜"声。

厨师被吓了一跳——原来,费科和熊一起睡了一晚上啊!

他急忙把这事告诉了大家，想把费科叫起来。令人意外的是，杰克不答应，它瞪着大眼睛看着大家，嘴里还不停地发出"呜呜"的叫声，似乎以为周围的人在和它争抢这个与自己一起睡的醉汉。

最后，争吵声把费科惊醒了。当他发现身边的这个庞然大物时，立刻吓得浑身发抖。这时，杰克还在桶外给他站岗呢！之后，费科慢慢地站起来，跨过杰克的身体，小心地来到了外面。

然后，他就头也不回地拼命逃走了。

5. 独立纪念日

后来，那个牧场主想，与其白白地养着杰克，不如用它赚点钱。很快，机会就来了。7月4日就要到了，这是美国的独立纪念日。牧场主想到了一个赚钱的好办法，他宣布：

"为了庆祝美国独立，我将在纪念日这天举行一场经典对决——世界上最强壮的牛与世界上最凶猛的熊之间的对决！"

就这样，消息被人们一传十十传百地传播出去了。那一天，从加利福尼亚州各个地方来的人们会聚在此。如今，牧场中每一个设置了观众席的地方都要收费。牧场主还准备了许多铺着干草的货车，坐在那里能清楚地看到表演，而坐在那里的客人的收费标准是每人1美元。仓房顶和马厩的屋顶也都被安排了座位，坐在那里的客人每人收费5美分。

为此，牧场主把原先破旧的栅栏和松动的木桩粉刷一新，看

起来还真有些竞技场的样子呢。

那天,人们挑选出一头最强壮的公牛,在经过一番挑逗,让它变得怒不可遏之后,才让它和杰克对决。牧场主觉得,杰克肯定打不过公牛,又不想看它被弄死或弄伤,再加上担心杰克逃跑,于是就给杰克套上套锁,捆住了它的四条腿。之后,人们解下杰克脖子上的锁链和项圈,把它塞进了大桶里,并盖上盖子,还在外面钉上了钉子!

最后,他们把装着杰克的大木桶推到了竞技场里。

前来观看公牛与灰熊决斗的人们纷纷下注。观众五花八门,有打扮得像孔雀一样花哨的加利福尼亚牧人,也有农夫和一些牧场主,甚至淘金的工人也暂时放下手头的工作前来观看,城里的商人和放羊的墨西哥人也纷纷赶来了。

戴牛仔帽的那个人押公牛赢,他认为:强壮的公牛是无敌的,别的动物都无法战胜它。而且,放养的公牛更是力大无穷。

但是,曾经遇到过灰熊的山里人却非常轻视他的观点,他说:"一看你就不知道,公牛是无法打败灰熊的!我曾目睹灰熊斗马匹,灰熊可以一掌把马拍到遥远的河对岸去。公牛根本赢不了!"

人们纷纷拿钱下注。

等这些准备就绪后,牧场主大喊一声:

"各位,现在比赛正式开始!"

牛仔彼得把一捆荆棘拴在了公牛的尾巴上,这样一来,公牛一摇尾巴就会被荆棘刺得难受。然后,它就会越来越生气,达到怒不可遏的程度。

这时候,人们开始把那个大木桶骨碌碌地滚过来,里面的熊也开始发怒。然后,牧场主让人在栅栏旁边撬开桶盖。虽然非常生气,但木桶盖子被打开后,杰克还是不想出来。它觉得外面聚集的人太多,而且这些人吵吵闹闹的,很不正常。因此,它一时有些不知所措,索性待在木桶里一动不动。

见此情景,押公牛赢的人觉得,杰克肯定是因为恐慌而不敢出来了,于是一同起哄,发出了嘲笑的欢呼声。

听到人们的喊声,公牛更加生气了,它直接跑到了大木桶的旁边,凑近木桶一看,发现里面居然是一头大灰熊。于是,公牛发出"哞"的一声后,突然转身跑向了广场对面。

这时，押杰克赢的人们又开始嘲笑起公牛。

可是，杰克还是不想出来。观众急了，大声喊着：

"快让它们打起来呀！"

随即，彼得把一支庆祝节日用的烟火塞到了装杰克的木桶里。只听"噼里啪啦"一阵爆响，烟火开始爆炸了。

待在桶里的杰克吓了一跳，立刻就从木桶里逃了出来。

这时，公牛正站在竞技场的中央，显得非常威风，而当它看到杰克猛地冲着自己的方向奔过来时，还以为灰熊是冲着自己来的呢，惊慌之下，它飞快地逃到木栅栏的角落里去了。

围观的人们还以为它们开始比赛了呢，于是站起身来一起鼓掌助威。

其实，灰熊有两个特别的习性，一是反应非常快，能够迅速做出判断；二是只要拿定主意，就会马上行动。

这时，杰克的头脑中很快就形成了一个计划——在公牛还没有退到木栅栏里的时候，这个想法就已经成型了。它向周围看了看，找到了木栅栏边上一个最容易向上爬的地方，那里有一根钉在木栅栏上的横木。

然后，令人意外的事情发生了：杰克只用了3秒钟的时间就跑到了横木前。接着，它在2秒内越过了横木，又用了1秒钟的时间冲向了观众席。

看到来势汹汹的大灰熊，观众们立刻四散逃窜，人叫声和狗吠声响成一片。大家一股脑儿地都跑向了马棚——马棚里是空的。

原来，牧场主为了避免比赛时马儿受惊，提前把那些马赶到了距离竞技场很远的地方。

趁着大家乱作一团，杰克目标明确地冲向了山冈。等它跑了一段距离后，一大群人马才从后面冲着它追了过来，而且还在大喊大叫呢！

杰克很快便迅速地跑到了小河边，一下子跳进了水里。水流非常急，尽管那些狗闻着气味追到了河边，却不敢往湍急的河水中跳。于是，杰克一直游到了对岸，然后接着穿过高高低低的山路，一路翻山越岭，跑进了松林之中。

来到山里的杰克不停地爬向高处——那一刻，之前受欺负、被锁链束缚的日子从此变成了遥远的回忆。

7月4日是美国独立纪念日，令人意外的是，灰熊杰克也正是从这一天起开始了自己的独立生活！

6.9米高的巨熊

从出生到现在，杰克从来没有真正独自在大自然中生活过。但它在与生俱来的本能的指引下，行走在灌木丛中，甚至知道哪些植物是能吃的。

为了躲避猎人的追捕，它又逃到了山的更高处。

下午，阳光炙烤着大地，到处都热乎乎的，杰克稍作休息后就继续前进了。在它的内心深处，有一种力量在驱使着它躲避危

险。天一点点黑了下来，但灰熊并不害怕黑暗。就这样，杰克时而歇息、时而吃东西、时而行走，最后来到了这座山的最高处，也就是它出生的地方——塔克拉山附近。

在本能的指引下，杰克最终回到了自己的故乡！

杰克已经记不清小时候看到的东西了，但它用鼻子嗅到的气味让它记忆犹新。

回到了塔克拉山以后，杰克每天找到的食物都是草根、野草莓之类的东西。因此，它对于肉的气味非常敏感。

一天晚上，风送来了羊的气味。杰克很快就发觉了。

天终于彻底黑了，杰克开始循着气味的方向走下山。它穿过松林和岩石林立的山谷，发现昏暗的山谷中有微弱的火光在闪烁。

杰克知道那是人们点起来的篝火，它在牧场的时候曾经看到过。

杰克蹑手蹑脚地从山上下来，来到能够看清楚的地方，认真一看，嘿，狗和人正在篝火旁边睡觉呢！越向前走，羊的气味就越浓。真奇怪呀，杰克没有看见一只羊的影子。谷底只有一池灰色的水，夜晚闪烁的星星倒映在水面上，而杰克也没听到流水的声音。

杰克走上前去再一看——啊，这压根儿不是水，而是一群白色的羊，而那闪烁的星星正是一只只羊的眼睛！看到了羊，杰克便非常干脆地踩着矮树径直冲向了羊群。

"咩——咩——"

羊惊慌地叫嚷着，向周围逃散。听到动静的狗和人也都跳了起来，狗在不停地狂叫，牧羊人也急忙开枪。唉？发生什么事了？牧羊人有点搞不清状况。原来，就在枪声响起的那一瞬间，杰克就已经叼着一只羊冲了出去，消失得无影无踪了。

这是杰克第一次吃到羊肉，那味道真是美极了！后来，每当觉得馋了，想吃羊肉了，杰克就会走下山，凭借自己那灵敏的嗅觉，找到那种美味的东西。

虽然佩德是牧羊人，却根本不喜欢羊。对他来说，放羊只是养家糊口的职业，他是没办法才做的。而羊呢，只是一种能变成钱的东西。

每天，佩德都要清点羊的数量，就像商人清点货物、查点账目一样。因为他放牧的羊太多了，有三千多只，这样一来，清点的任务就非常繁重了，甚至还经常数错。最后，佩德想出了一个好办法，那就是给每100只白羊配一只黑羊。如此一来，每100只白羊就会跟着一只黑羊，一天下来，只需要清点黑羊的头数，如果达到了30只，那就没问题了。

开始的时候，杰克每次都会杀死一只羊，结果，连续三次都没出问题——原因非常简单，因为它每次杀的都是白羊，佩德甚至都不知道有羊被杀死了。但不巧的是，杰克第四次时杀死了1只黑羊。如此一来，佩德很快就发现羊少了，因为黑羊只有29只了。

他大吃一惊，如果按照他的算法，1只黑羊可以顶100只白羊，那么，丢了1只黑羊，就相当于丢了100只白羊！

这下，他可吓坏了，不由得失声喊道："糟啦！100只羊不见啦！"

牧羊人有自己的规矩，只要认为某个地方不好，就要换一个地方来牧羊。佩德想：周围肯定有什么动物在偷吃自己的羊。于是，他就把羊群赶到了别的地方，而且，在口袋里塞满了小石块。这些石块既可以用来赶羊，又可以用来自卫。

到了傍晚，他终于来到了一个新的地方。这里是一个山谷，四周都是高高的悬崖，如同一个天然的放牧场，非常适合带着羊群过夜，因为羊群是不可能逃出他的视线的。于是，佩德把羊群赶到了山谷里，又在山谷的入口处点起了火。

这一天，佩德赶着羊群走了15千米的路。对羊而言，这就相当于一次长途旅行了。但对灰熊而言，这仅仅是两个小时的脚程。虽然不能看到15千米以外的羊群，但是，凭借自己所拥有的灵敏嗅觉，杰克相当清楚羊群跑到哪里去了。

这时，杰克还没有吃晚餐，真是饿坏了，于是，它就循着羊群的气味追了过来。

而佩德呢，他在把羊群赶到山谷里以后，就在篝火边吃起了晚餐。接着，他就心安理得地睡下了。但是到了半夜，他却被狗叫声惊醒了。佩德睁开眼睛向对面一看，不禁大吃一惊。

眼前居然立着一只足有9米高的大怪物！

狗早就吓跑了，佩德更是吓得要命，于是他双手抱头趴在地上，浑身瑟瑟发抖。

其实，他根本没有看清楚眼前的怪物。他觉得自己看到了一头熊，而那实际上只是熊映在后面悬崖上的巨大的身影——而被拉长的影子足有9米高也是挺正常的。

过了一会儿，他提心吊胆地抬起头，发现那头9米高的大熊已经消失了。之后，从羊群中传来慌乱、嘈杂的声音。佩德抬起头，发现一头正常大小的熊正在追着羊群跑。他不禁感叹道："刚才的怪熊可真大呀，就连它的孩子都和普通的熊一样大呢！"

第二天早上，佩德去找逃散的羊。结果发现少了2只黑羊。按照佩德的算法，1只黑羊就相当于100只羊。也就是说，大怪熊一转眼就吃光了200只羊！

他顺着羊的脚印，走了好几千米的荒地才来到了一个口袋形的小山谷，而此前逃散的羊居然全都站在高高的石头上面。

原来羊还活着！佩德顿时感到非常高兴，就准备走上去把羊群赶下来。但是，让他觉得奇怪的是，无论他怎么喊叫，那些羊就是不下来。无奈之下，佩德只好爬到高处，把羊拉了下来。但羊刚走到山谷的入口处，就立刻仿佛害怕什么似的，又慌里慌张地跑回了高处。

这到底是怎么回事呢？

佩德经过认真观察后才弄明白，原来，谷底有熊的脚印。羊因为看到了脚印，并且闻到了灰熊留下的气味，因而产生了极度恐惧的心理，即使被拉了下来，一接触这些信息，它们还是会退回到山顶。

那个山谷里还有很多的羊呢，佩德担心它们也遇到危险，于是，他决定放弃山顶上的四五百只羊，回到山谷，守着其他的羊群过夜。但是，睡在篝火旁边太危险了，于是，他决定搭建一个5米左右的高台，在高台上面睡觉。狗喜欢睡在温暖的地方，所以依然睡在篝火旁。

深夜的时候，佩德被冻醒了，他冷得浑身直哆嗦。他既羡慕睡在篝火旁边的狗，又害怕熊，因此，还是不敢从高台上下来。

就这样，他一整晚都睡不踏实。

天亮的时候，睡在篝火旁的狗突然跳了起来，不停地狂叫。羊群也开始骚动起来，仿佛充满了恐惧，而且不停地向后退。而那个巨大的黑影又一次在佩德面前出现。出于习惯，佩德握紧了枪。他突然想起：那头大怪熊有9米高，而自己的高台只有5米左右，如果一开枪，不就把自己暴露了吗？万一受到攻击，自己就会立刻被那头大怪熊吃掉。

现在绝对不能开枪！怎么能拿自己的性命开玩笑呢？那可就真成大笨蛋了！

于是，他立刻收起枪，趴在高台上，一动不动，嘴里还不停地小声祈祷着：

"上帝啊，虽然我从前做过不少坏事，但是请您原谅我吧！不要让大怪熊把我吃掉啊！"

终于，天亮了。佩德以为他的祷告终于有了效果。虽然地面上有熊的脚印，但是，黑羊的数目并没有减少。于是，他松了一口气，捡起一些石块放在口袋里，用石块把羊群赶出了山谷。

此时，狗也不知道从哪里跑回来了，并与佩德一同前进。佩德拿石头扔狗，并大声叫道：

"你这胆小鬼，快点去赶羊！不要偷懒！"

7. 猎人兰卡

佩德赶着羊继续往前走，来到了一块平地。这时，他发现，在高高的岩石上坐着一个男人。于是，佩德向那个男人挥了挥手，等走到近处一看，他才发现居然是猎人兰卡。

没错，这个兰卡就是那个当年抚养杰克的猎人。

两人一见面，都特别高兴，开心地聊着，交流着不同的信息，比如羊毛的价格啦，公牛和灰熊的比赛失败啦，还有刚刚发生的佩德的羊群遭到大怪熊袭击啦，等等。

佩德后怕地说："我从未见过那么大的熊，哎呀，它就像魔鬼一样可怕！"

听到这儿，猎人兰卡觉得非常好奇，就接着问了下去。于是，佩德就非常夸张地讲述起了这头大熊。他声称大熊就是魔鬼，身高足有9米，一个晚上就吃掉了他的200只羊！而且，这家伙非常狡猾，甚至还把那个口袋形状的山谷当成了自己的粮仓。

起初的时候，兰卡把双眼瞪得大大的，吃惊地听着，后来就觉得有些不大对劲，于是问道：

"我说佩德，你该不会是在说梦话吧？"

佩德显得非常不高兴，"你居然怀疑我说的话！如果不信，咱们可以打个赌。"

说着，佩德拿出了装在身上的皮口袋里的一瓶金沙，接着说："为了证明我是诚实的,我们就来赌这些金沙吧！如果我撒了谎，这一瓶金沙就是你的了。"

兰卡想了想，说："我手里可没有能做赌注的钱。这样吧，如果我把那头大熊打死了，你就把瓶子里的金沙给我。如何？"

"好！就这么定了。你最好还能把那些可怜的羊都给我带回来，不然的话，它们都会在口袋山谷里被饿死的。"

"没问题，就这么办！"兰卡答应下来。

两个人就这样说定了。

佩德知道，如果兰卡决定追赶猎物，无论遇到多大的困难，付出什么代价，他都会坚持下去。如果只用少量的金沙就能杀掉大熊，让羊的安全得到保证，这笔买卖还是非常划算的。

就这样，兰卡开始了追捕自己抚养的小熊杰克的历程。

虽然以前杰克和兰卡是非常好的伙伴，但是现在，杰克已经长成了一头成年灰熊，所以，兰卡也不知道自己以后所要猎捕的对象就是当初的小熊杰克。

很快，兰卡就来到了口袋山谷。后来，他也确实发现了站在岩石上的羊。此外，他在入口处还看到了两只刚被吃掉的羊的残骸，周围还有许多熊的脚印。这些脚印的大小是中等的，他并没有看到佩德所说的那头大怪熊的脚印。

兰卡试着拽下了一只羊，可是，这只羊立刻又爬到了高处。他费了九牛二虎之力才把一只羊拉下来，然后，这只羊又重新爬上了岩石。就在这时，兰卡想出了一个不错的办法。

首先，他割了一些荆棘做成围栏，把羊逐只从岩石上拉下来，圈了进去。接着，他把最后一只羊留在了山谷的岩石上。在离开之前，他还堵住了口袋谷的入口。

就这样，他实施了计划的第一步。

将围栏中的羊放出来以后，兰卡把羊都赶到了佩德那里。佩德非常高兴，爽快地把瓶子里的一半金沙给了兰卡。

当天夜里，两个人一起住在佩德那里，可是，熊并没有出现。

第二天早上，兰卡又回到了口袋山谷。如同他预料的那样，熊果然吃掉了留下的那只羊。他推断，那头大灰熊肯定还会回来吃其他的羊。于是，他把一些干燥的小树枝撒在了熊要走的路上，然后，在周围5米高的树上搭了个平台。他把毛毯铺在台子上，到了傍晚便爬了上去，裹着毛毯睡下了。

兰卡知道很多与熊有关的常识。他知道，一头老熊肯定不会连续三个晚上都去同一个地方。如果那是一头狡猾的熊，它也不会再次去吃剩下的猎物那里，因为人会在剩余的猎物上下毒，或在周围设置圈套。还有，如果是一头经验丰富的熊，看到之前走过的地面上出现了异常的东西，也肯定会扭头就走。

但是，灰熊杰克不仅年轻，不狡猾，还缺乏经验，因此到了晚上，它就大大方方地回到了吃剩下的猎物那里。算起来，这已经是它第四次来这个山谷了。

杰克十分想念这个香味扑鼻的地方，因此尽管仍旧闻到了一点儿掺杂在其中的人的气味，但它并不在意。

"咔嚓！"

杰克踩到了一根干枯的小树枝，这个声音把兰卡惊醒了，他立刻从台上坐起来了，并且端起枪，专心地瞄准了越来越近的黑影。

"咔嚓、咔嚓"的声音连续地传来，很快，那个巨大的黑影就走到了羊的残骸附近。

最终，兰卡扣动了扳机。

杰克发出了一阵急促的喘息声后，就转身逃向了树林里，在夜色中消失了。兰卡还能听到它不小心撞到树木的声音。

这是灰熊杰克第一次被枪打中，而打它的人就是当初抚养它的兰卡！其实，杰克和兰卡彼此都不知道。子弹射穿了杰克的脊背，它感到疼痛的同时还特别窝火，于是，它吼叫着越过树丛，一口气儿跑了一个多小时，之后才想起要躺下来舔伤口，但是由于够不着，它只能将身体靠在树干上摩擦起伤口。

然后，杰克站起来继续向前走，一直走到了塔克拉山。它找到了一个洞穴，在里面躺了下来。但是伤口还在一跳一跳地疼，杰克实在难以忍受，于是，就在地上打起滚来。

8. 久别后的相遇

也不知道杰克是怎么熬过那个难以忍受的黑夜的。

早上，太阳高高升起，杰克还在洞中忍受着巨大的痛苦。这时，杰克突然闻到了一股烟火的气味。而且这种气味越来越强烈，不一会儿，浓烈的烟气就冲到了杰克附近，让它难以呼吸，眼睛也快睁不开了。外面的烟还在不停地向洞里涌。杰克一点点地变换着位置，继续向洞穴深处移动，最后，它从另外一个洞口跑了出来。

这个地方离原来的入口特别远。

出来以后，杰克回头一看，发现原来的入口旁边有一个人正在往火堆里扔木头呢，而且他还在不停地扇火，想让烟往洞穴里面吹。闻了闻风吹来的气味，杰克知道了——这个人和昨天开枪打自己的人是同一个人。

于是，杰克开始跑向远处。但是，烟火并没有因此而减少，过了两个小时，杰克的四周又开始弥漫着浓烟了。而且这次，甚至连鹿、兔子和小鸟都不断地跟着跑了过来，它们跑得特别快，从杰克的身边一闪而过。它还隐隐约约地听到了狗的叫声。于是，杰克也加入了那些奋力奔跑的动物的行列。

这时，从天空中传来轰隆隆的响声，那声音越来越大，越来越近。四周都是噼里啪啦的声音，熊熊的火焰越来越猛烈。整个森林都着了火，火借风势，燃烧得更加猛烈，迅速地向四周蔓延开来。

杰克的身后吹来了热风，这股热风如同在猛烈地追赶着它。杰克从未见过这种阵势，感到非常害怕，本能却告诉它："快点跑吧，不跑就完蛋了。"

于是，杰克奋力地奔跑起来。

很快，它的周围变成了一片火海，很多小鸟、野兔和鹿都被火烧到了。不少的小动物也因为跑得太慢而被烧伤了。因为灌木丛也在燃烧，所以，杰克的皮毛也被火烧焦了。此时，疲于奔命的杰克已经忘记自己曾经受伤的事儿了。

大火不断地追赶杰克，它拼命地在森林里奔跑着，双眼已经被熏得看不清东西了。它失去了方向感，只知道不停地向前跑，前面的树越来越少，没过多久，它就已经跑下河堤，跳进了池塘里。

杰克的身上还带着火，跳进水里以后，身上便发出了"滋滋"的声音。

杰克时而潜进水里大口地喝水，时而露出脑袋大口地呼吸着空气。简直太舒服了！森林里喷出来的火焰和热风无数次地掠过水面，有时还有火星纷纷落下来。

别的动物也都接连不断地往水里跳，有的因为身体都被烧焦了，于是刚到水边就死了，有的动物还在苟延残喘。小的动物就在岸边趴着，大的动物则跑到了河中央。当杰克再次把脑袋从水里露出来的时候，居然闻到了一股熟悉的气味。杰克对这种气味印象非常深刻，哪怕整个森林都燃尽，它也会牢牢记住这种气味。

可以确定的是，这种气味来自打伤它的猎人。其实，杰克并不知道，这场大火就是这个人引起的。为了把杰克从洞中赶出来，或者用烟把杰克熏死，他点燃了篝火，进而引发了森林大火。

如今，这个人从距离杰克3米左右的水中露出头，看着杰克。人和熊就这样相互打量着。而燃烧的空气热得他们简直难以忍受，很快，他们再一次同时潜入了水中。

过了半分钟，杰克再次露出了脑袋，那个人也露出了头。他们之间的距离比之前远了一点，双方都松了一口气。

火势非常凶猛，声音就像暴风雨来临一样。一棵大松树倒进池塘，差一点砸到兰卡。松树带着一股热气，冲向了兰卡这边，于是，他不得不向杰克靠近了一些。又一棵松树在压死了一头狼之后，倒在了之前的那棵松树上，两棵树立刻熊熊燃烧起来，杰克也不得不向兰卡靠近了一些。

现在，人与熊离得特别近，几乎能够触碰到对方了。

它们互相提防着。兰卡的枪被丢在了岸边，他的手里只有一把刀。他就一直握着刀子想保护自己。其实，他是在杞人忧天。火势如此凶猛，炙烤得让人难以忍受，他们不得不每隔几分钟就把脑袋埋到水里，谁都没有时间和精力去对付对方。

一个多小时以后，森林里的火势渐渐地弱了，温度也降了下来，能够勉强从水中出来了。首先出来的是杰克，它跑进了焦黑的森林里。从它的后背流出的鲜血染红了池塘里的水。兰卡看到杰克后背的伤口后才醒悟，原来，这头熊就是昨天夜里自己在山谷中打伤的大熊。

杰克离去以后，兰卡也从河对面爬到了岸上，向相反的方向跑去。

这场大火烧毁了塔克拉山西侧的森林。

兰卡只想把熊从洞里熏出来，没想到，自己也因为这场大火而倒了霉。他的小屋在塔克拉山西侧，现在也住不了了。于是，他只好在山的东侧新建了一个小屋。当然，原本生活在西侧的鹿、野兔、雷鸟等大大小小的动物们也都搬到了东侧。

杰克也一样！如今，它背上的伤好多了，但它忘不了枪的气味，那是一种非常危险的气味。

9. 亲人和仇人

一天，杰克正在山坡上走着，忽然嗅到了人的气味。一群雷鸟正从它身边离开，悠然地向着远处的矮树丛飞去。这时，只听"砰"的一声枪响，很快，一只鸟便扑棱着翅膀落在了它的旁边。

杰克往前走了一步，正想闻闻雷鸟的气味，这时，对面的灌木丛里忽然跑过来一个人。人与熊只隔着3米远，因此一眼就能够认出对方。

对兰卡来说，面前站着的就是那头大灰熊，它的皮毛被火烧焦了，背部还带着自己在山谷中给它造成的伤疤。对杰克而言，它根据那个人身上的气味以及枪的气味可以确定，这个人就是那晚打伤自己的人。

杰克的反应非常快，立刻就站了起来。兰卡被它吓了一跳，一看形势不对，转身就跑。慌乱之中，他被地面的树枝绊住了，摔在了地上。于是，他赶紧把脸贴在地面上，装作死了的样子，一动不动。

杰克举起前掌，正准备狠狠地抽打他。但这时，一股久违了的气味钻入了它的鼻子，那是一种它非常在意的气味，很久以前，它曾非常熟悉的一种气味——那也是一种让它永远怀念的气味！小时候，它曾在兰卡的小屋里度过了生命中最快乐的一段时光。

然后，杰克的一切愤怒都消失了。它立刻改变了主意，不去碰地上的男人，而是转身悄悄离开了。

但是兰卡可不这么认为，他还以为是自己装死的计策骗过了那头大灰熊呢！杰克离开以后，他悄悄地抬起头看了看周围，确认熊真的走了，这才站起身来，手里还紧紧地握着枪。

兰卡准备继续追捕杰克。这一次，他叫上了好朋友老罗。老罗还带着他那条黄色的杂种狗——杂种狗是非常擅长追踪动物的脚印的。

兰卡和老罗准备好粮食和野营的工具就进山了。没过多久，他们就弄明白了那一带动物的情况，这里的鹿很多，熊很少。

兰卡沿着湖岸找到了熊的脚印，对老罗说："看，这就是它的脚印。"

"佩德不是说那家伙足有9米高吗？"老罗觉得非常有趣，问道。

"可能他是在晚上看到的，而且看到的只是映在岩石上的影子。其实没有那么夸张，站起来的话最多也就2米吧。"

"那就让狗去追吧！"

过了一会儿，狗开始发出奇怪的叫声，并沿着脚印往前走。兰卡和老罗一边大声地喊着，一边从后面追了上去。

"嘿，不要跑那么快，等等我们！"

与此同时，1500米外的杰克听到了它们的声音。

杰克开始沿着自己的脚印往回走，想看看后面到底发生了什么事情。这时，风吹来了狗和人的气味。杰克努力地抽动着鼻子，嗅到了两种气味，一种是自己非常讨厌的人和狗的气味，一种是猎人身上让它觉得亲切的气味。

其实，杰克早已忘记以前欺负过它的人和狗了，而现在，一闻到这种气味，杰克又想起他们了。所以，杰克迅速做出了一个决定——追赶那三个家伙。

很快，杰克就追上了他们，然后跟在他们后面，与他们保持着一定的距离。不要看杰克的个头儿很大，但它脚落地的时候没有发出任何声音。在前面奔跑的人和狗根本没发现它就跟在后面。

可是，风向很快就发生了变化，狗嗅到了从后面送来的熊的气味。于是，它突然站住，然后转过身去，跑向来时的方向。

两个猎人觉得非常吃惊。老罗喊道：

"哎呀，这到底是怎么回事？莫名其妙！"

"狗一定是发现熊了。没错，狗一定是发现熊了！"就在兰卡说这句话的时候，狗已经不见了。

杰克听到狗的狂叫声，知道它正向着自己跑过来。小时候，这只杂种狗欺负过它，所以它认定对方身上有一种非常讨厌的气味。就在这时，杰克又闻到了那种十分讨厌的气味。

于是，杰克立刻藏到了丛林后面。

很快，杂种狗离得越来越近了，当它即将通过树丛时，杰克突然从树丛里冲了出来，一下子就把狗压在了身子底下。几年前它就用过这种方法，而不同的是，当年的杰克是一头小熊，而现在的杰克已经是一头大熊了，体重也比几年前增加了许多倍。结果，就这么一压，狗立刻就一命呜呼了。

这样一来，森林里突然就安静了下来，再也听不到狗的叫声了。兰卡和老罗都不知道应该去哪里了。

最后，他们四处寻找，用了很长的时间才找到了那条杂种狗。而这时，那条狗早就支离破碎了。看到现场，他们一下子就明白了：熊打死了狗。

老罗看到自己的爱犬被打死了，非常生气，愤怒地说："这头大灰熊太可恶了，我一定要为自己的狗报仇！"

兰卡说："看样子，一定是它咬死佩德的那些羊的。这家伙真狡猾！我一定要把它杀死！"

10. 后背受伤的杰克

因为狗被打死了,他们只能换一种狩猎的方法。最后他们决定,用挖陷阱的方法来对付杰克。在找了几个地方以后,他们决定在两棵树中间的一块空地上工作。目标确定了以后,兰卡负责回帐篷取斧子,而老罗则留下来进行一些准备工作。

快到营地的时候,兰卡忽然看到对面的山坡上有一头大灰熊,而且正坐在地上俯视着他们的帐篷。再定睛一看,那家伙就是上次遇到的那头大灰熊。真是太巧了,兰卡和杰克就这样隔着帐篷相遇了。

兰卡不顾一切地走过去,举起枪就向杰克瞄准。就在他要扣动扳机的一瞬间,杰克抬起头,抬起后腿,开始舔自己的后脚。

这是一种非常容易被击中的姿势。兰卡立刻开枪射击。

只听一声枪响,子弹略偏了一点儿,把杰克的一颗牙齿和一根脚趾头打掉了,却没打中杰克的面部和头部。杰克感受到嘴巴和后脚上传来的剧痛,立刻跳了起来,发出了急促的喘息声。突然,它看到了对面的人影,于是大吼着跑下了山坡。

兰卡急忙爬到树上,摆好了射击的姿势,准备在树上干掉杰克。

可奇怪的是,这头大灰熊并没有向他跑来,而是跑进了帐篷。它真的是气疯了,看什么都不顺眼。它一巴掌就打飞了帐篷,里

面的罐头也随之散得遍地都是。装面粉的口袋被撕开了，面粉就像烟雾一样四处飘散。装子弹的口袋也被弄坏了，子弹被撒进了篝火里。

杰克还找到了一个瓶子。它非常熟练地拔出上面的木塞，然后嘴对着瓶口就喝了起来。但是，瓶子里的东西似乎不合它的口味，突然，它一下就把含在嘴中的液体喷了出来，还把那个瓶子打碎了。

这时，被扔进火里的子弹开始爆裂了。这种声音把杰克吓了一跳，并因此让它想到了什么，于是，它马上跑出了帐篷。

就在杰克发泄完准备离开的时候，树上的兰卡再次向它射击。这次，他瞄准的是熊的后背。但是就在他扣动扳机的时候，杰克正好转了个身，下一瞬，子弹击中了杰克的侧腹。杰克又受伤了，于是大叫着跑进了森林。

这次，杰克的嘴、脚趾以及侧腹都受了伤，真可谓遍体鳞伤，苦不堪言。

杰克把帐篷里的东西弄得乱七八糟，想收拾好怎么也得花一周的时间。所以，兰卡他们也不能继续在这里狩猎了。

兰卡和老罗决定重新制订计划，购买粮食和子弹，然后再度进山。

杰克回到森林后就躲到了树丛中。它忍着剧痛，一整天都静静地待在那里。但是，第二天，它实在是太饿了，只好从树丛中走出来去找吃的东西。

杰克在狭窄的道路上走着，忽然闻到了一种讨厌的人的气味，而且还听见了马蹄声。杰克低吼了一声，流露出强烈的愤怒，真想马上去报仇。但是考虑到自己体力不支，很有可能打不过他们。

真不知道如何是好。

于是，它就坐在了过道上。

过了一会儿，牛仔纵马过来。他的马由于发现了堵住去路的那头大灰熊而害怕地停下了脚步。很快，牛仔也看到了眼前的这头大灰熊。他拉紧缰绳，让马稳稳地站住。牛仔非常熟悉山里的事情，因此，虽然带着手枪，但是，他知道，这时绝对不能轻举妄动。

于是，牛仔就用印第安人常用的手段和熊说话：

"我说熊啊，我可根本不想伤害你哦，你能不能让我和我的马儿过去呀？"

杰克低声地"呜呜"吼叫着，吓唬了牛仔半天。

牛仔继续和它说话："你将我的去路挡住了，麻烦你让一下，可以吗？"

杰克依然在低吼，不过已经不是在威胁对方了。等它确定对方并不是敌人，不会对它造成任何伤害的时候，它就发出一声低低的吼叫，然后，慢吞吞地站起身，从旁边的斜坡慢悠悠地走下去了。

这段时间，杰克一直在抽着鼻子四处乱逛。它在寻找吃的东西，等伤慢慢地养好。如今，它已经非常熟悉草莓、树根、雷鸟以及鹿的味道了。有一天，它正在赶路的时候，突然闻到了风中送来的一种独特的气味，那种气味香喷喷的，非常美妙，于是，它就循着那种气味走了过去。

这种好闻的气味来自一块平坦的草原。那里居住着一些活的动物，个头儿与杰克相差无几，总共有五头，有红色的和红白相间的。但是杰克以前从未见过它们。不用说，那是一些牛。看到它们行动起来慢悠悠的样子，杰克压根儿没感到害怕，因为它们一共就只有五头。一瞬间，想要偷袭猎物的本能使得杰克激动起来，它真想把它们中间的一头弄来吃掉。

杰克转到了下风口，这样一来，它就能够非常轻松地闻到对方的气味，但对方却根本闻不到自己的气味。在树林的边缘处有一个能喝到水的地方，杰克在那儿喝了一些水后，就钻进了附近的灌木丛里，细心地观察着对面的情况。

就这样，一个小时过去了，眼看太阳就要落山了。牛继续吃着草，但其中略小一点儿的一头牛缓慢地走向了有水的地方。杰克非常紧张，它摆好姿势，随时准备进攻。

那头小牛距离杰克越来越近，是不是它发现了自己？

其实，杰克的担心纯属多余，小牛只是因为口渴才去杰克藏身的灌木丛旁的小河边喝水。

等对方离自己更近一些的时候，杰克从藏身之处猛地跳了出来，上去就给了对方一掌。巧的是，这一掌正好打在牛角上，结果，杰克的前掌被弄得生疼。杰克对牛并不了解，不知道牛角是一个非常硬的东西。不过，那头牛的牛角也已经被杰克打断了，牛倒在了地上。杰克因为被弄疼了，于是怒不可遏地冲着倒在地上的牛又来了一掌。

这下子，那头牛彻底被打死了。

别的牛因为目睹同伴被害的场景，吓得纷纷逃掉了。杰克带着自己的战利品回到了山中。之后的一星期，它靠吃牛肉慢慢地养伤。

一周后，杰克恢复了健康。

11. 识破圈套

和从前一样，杰克又能去较远的地方捕食了。现在的杰克已经是一头成年灰熊了，它的领地范围也越来越大，于是，它在所走过的地方都留下了自己的气味。

有时候，也会有别的熊来挑衅，但结果大多以杰克的胜利告终。因此，杰克的对手越来越少了。

猎人兰卡又追踪了杰克几次，他从脚印上发现，杰克与其他的熊不同——杰克的前掌和后脚上各有一块圆形的伤痕。灰熊总是用后腿站起来在树干上蹭后背，或者用前腿抱树，这时，它就会用后脚挠树，于是，就留下了一些痕迹。兰卡就是这样发现了灰熊前掌和后脚的伤痕情况。

此外，那次他在营地开枪打伤杰克后，也知道灰熊的门牙断了。因此，只要查看一下熊咬树后留下的印痕，他就知道杰克是否曾经来过这里。

兰卡和老罗决定继续对灰熊展开捕猎。他们找到了一些适合设置圈套的地方，然后把砍下的圆木组装起来，做成了非常结实的木箱。他们还把用木板做成的吊门安装在木箱的入口处——猎物在木箱里碰到诱饵，门就会轰隆一声从上面落下来，猎物自然就变成了笼中之鸟。

其实，在杰克养伤期间，兰卡和老罗一直在忙活着，一周内就做好了四个木箱圈套，然后，把它们分别安装在森林里的几个地方。

开始的时候，他们并没有在木箱里挂上诱饵——谨慎的熊绝对不会轻易接近任何陌生的东西，况且，刚做好的木箱里还留有人的气味呢！所以，他们还要再用一些手段，使得人的气味彻底消散。

兰卡和老罗把木屑弄干净后，用泥土涂黑了新木头，还用不新鲜的肉去蹭木箱的四壁。这样忙碌了一阵后，他们就把腐烂的鹿肉挂在了木箱里。

到了第四天，他们再过去检查的时候，发现里面有一个木箱的门已经落了下来。老罗开始以为捉到熊了，结果兰卡察看后在周围发现了一些脚印，判断这是一些臭鼬的杰作。他们把箱子打开一看，果然里面只有几只臭鼬。兰卡和老罗都不由得笑了起来。

两人又在木箱里重新挂好了诱饵。之后，连续几天熊都没有出现。他们不明白了：这么大的一块肉，怎么就不能把熊招来呢？想了很久，兰卡说，可能是因为诱饵不合适。熊应该都喜欢吃蜂蜜，所以，他们应该去弄一些蜂巢当诱饵。

一切计划好后，他们就马上去寻找蜂巢，然后，把蜂巢放在了小布袋里，又把布袋吊在木箱里。

那天夜里，精力充沛的杰克又来森林里闲逛了，还准备顺便找点儿食物。结果，走着走着，它那敏感的鼻子就嗅到了蜂蜜的气味，于是赶紧跑了过去。

对杰克来说，蜂蜜无疑是天底下最好吃的东西了！

现在，闻到了这种美妙的气味，它根本拒绝不了。于是，杰克加快了脚步，不知不觉地走了很远的一段距离。最后，它看到了一个用圆木做成的奇怪洞穴，浓郁、香甜的蜂蜜气味就是从那里飘出来的。

忽然，杰克闻到那里面还掺杂着别的气味。它仔细地嗅了嗅，对，就是那个令人讨厌的猎人的气味。

可是那蜂蜜真的太诱人了！

于是，杰克就在木箱附近徘徊，细心地察看着。在此期间，蜂蜜的气味不断地往它的鼻孔里飘。

最终，杰克非常小心地走进了木箱。它先是闻了闻木箱里悬挂的布袋，然后用舌头舔了舔，接着口水就从嘴角流了下来。为了弄出里面的蜂蜜，杰克使劲拉了一下那个口袋。

就在那一瞬间，只听"嘭"的一声，活动门从上面落下来，把杰克困在了里面。

杰克吓了一跳，终于明白自己落入了圈套。于是它就用身体去撞出口的门，但是门太结实了，纹丝不动。于是，它就用前爪去抓木箱周围的木头，想找出容易突破的地方，但是，木头墙也非常牢固，即使用牙咬也没用。杰克急得不停地在木箱里转来转去。

就在杰克绞尽脑汁地在里面折腾的时候，天慢慢地亮了。由入口附近的门板缝隙中射进了阳光。杰克得到启发，决定从那里下手。于是，杰克用它那硕大的身体不停地撞击着门板。不一会儿，厚木板终于承受不住这种连续不断的巨大撞击，一块块地掉了下来。

杰克又获得了自由！

等到兰卡和老罗过来巡视的时候，杰克已经不见了，原地只有一个残破的木箱。他们都大吃一惊，由被打碎的门板，他们能清楚地推测出这里曾经发生的一切。兰卡蹲下身子，仔细观察着地上的脚印。没错，就是那头大灰熊——脚印显示出来的脚趾的伤痕、前脚趾的圆形伤痕以及断了的门牙的咬痕，全是它的标记。

兰卡说："太可惜了，它明明已经落入了圈套，结果又让它溜掉了。这家伙可真狡猾！这次，我们必须好好儿想想办法。"

于是，兰卡和老罗修好了木箱的门，重新设下圈套，诱饵依然是蜂蜜。果然，杰克又一次来光顾了，并且依然中了圈套。但是，和上次一样，它把门板拆得乱七八糟，然后逃得无影无踪。

这次，兰卡和老罗可真发愁了，现在该怎么办呢？

由此看来，这头大灰熊已经了解了逃离的窍门。怎么办呢？他们尝试着在活动的门上涂油，让它密不透光，如此一来，熊可能就没有办法找到出口了吧！

于是，兰卡和老罗又用了很长时间修好了木门，然后，在透光的门缝那里糊上了一层油纸。这样一来，遮光效果就好多了。

看到自己的杰作，兰卡和老罗忍不住得意地笑着回去了。

过了几天，两个人再次去察看圈套。木箱入口的吊门又掉了下来，而且，这次，那个活动的门丝毫没有被打坏的痕迹。但令人不解的是，周围也完全看不出被破坏的痕迹——难道那头大灰熊被关在里面出不来了？

两人上前听了听动静，里面非常安静。

他们就用棍子敲打着圆木，依然没有动静。于是，他们就在圈套附近观察了一番，结果发现，门板下面的泥土有被翻过的痕迹。

原来，杰克这次是把前脚伸到了吊门底下，把门举了起来，从从容容地走出去的。

无奈之下，兰卡又在吊门下挖了一条水沟。但是从那以后，熊就再也不来光顾了。

一转眼，冬天到了，熊开始冬眠了。

12. 报仇雪恨

第二年春天，气温慢慢地回升，熊冬眠的生活结束，开始出来活动了。

因为山谷里还有积雪，所以兰卡和老罗都觉得，当下正是追踪灰熊的好机会，因为能够发现、跟踪熊的脚印。于是，他们重整旗鼓，带着捕猎用具和用来作诱饵的蜂蜜就向山里出发了。

他们找到了去年用过的那几个木箱。经过一个冬天的风吹日晒，这些箱子里已经完全没有人的气味了。他们依然用蜂蜜当诱饵，把它挂在木箱里。还别说，这诱饵的效果非常好，居然让他们抓住了好几头熊，但是没有看见他们要捕捉的那头大灰熊。

之后，兰卡和老罗就开始细心地观察雪地上的脚印。出乎意料的是，他们居然真的找到了几处大灰熊的脚印。不过，这个时候，那头大灰熊的脚印旁多了一些较小的脚印，这说明它找到了伴儿了，不再是孤零零的一个了。

他们很快就弄明白了，原来，那头大灰熊找到了伴侣，那些较小的脚印，就是母熊留下的。

两个人追踪着这些脚印继续前进。过了几天，兰卡和老罗不经意间看到了那头已经长高了许多的大灰熊和一头娇小的母熊。那头大灰熊现在就像一堵墙一样，简直就像佩德所说的那样巨大了。与它形成鲜明对比的是，母熊不但十分娇小，而且皮毛光滑，非常漂亮。

兰卡和老罗也只见到过这一次。当时，他们被母熊的美丽震惊了，不过后来，他们就再也没有见过它们了。

然而，奇特的是，这对熊夫妇却与牧羊人费恩在另一个地方不期而遇。

那个时候，费恩正在牧羊，远远地就看到两头熊走过来。费恩立刻端起枪，向它们射击。伴随着"咚"的一声，母熊中弹倒地，它的脊梁骨被子弹打碎了。

看到妻子倒下，那头大灰熊一下子变得怒不可遏，在附近疯狂地奔跑，并不断地嗅着风中的气味，以便确定敌人的位置。这时，费恩又开了一枪，不过子弹并没有打中杰克。而杰克已经发现了从枪中冒出的烟，很快认准了敌人的藏身之处，立刻迅速地朝着陡坡的方向扑去。

费恩看见大灰熊向自己扑来，立刻爬到了附近的树上。

因为够不到费恩，杰克不得不重新回到母熊身边。但是树上的费恩还在不停地攻击杰克，又朝着杰克的后背开了一枪。这次，子弹打中了杰克的后腿，杰克吼叫着跳了起来，想找费恩报仇。但是，因为腿受了伤，它没办法跑出去太远。

杰克拖着伤腿再次回到母熊那里，就见母熊静静地躺在地上。

杰克不知道这到底是怎么回事，原本和自己整天待在一起的妻子，为什么突然一动不动了呢？它等了很久，妻子依然那么静静地躺着，一丝气息也没有。最后，杰克伤心地离开了那里（从那以后，它再也没有去过母熊死去的地方）。

杰克拖着伤腿继续前行。这时，它又嗅到了敌人的气味，于是顺着气味追踪过去，想替母熊报仇。可等它走到那里时，那个人早就消失了。

其实，在它到达之前费恩就骑马逃走了。

夜里，杰克找到了一个散发着人味的小房子，但是，那里的人味和杀死妻子的那个人的气味不一样。于是，它推门走了进去。其实，住在这里的是费恩的父母。当像小山一样的大熊走进他们的家门时，夫妻二人吓坏了，赶紧从后门跑了出去。老迈的夫妻俩在惊吓之中居然爬到了树上，浑身不停地颤抖。

杰克走进小屋，发现里面没有人，于是就来到他们家的猪圈，杀死了最大的那头猪。猪肉的味道非常好，从此以后杰克就经常光顾费恩父母家的猪圈。也多亏了这些猪，杰克的伤才能快速痊愈。

这样一来，费恩的父母便用一种独特的方式替儿子偿还了他欠杰克的债。但是，费恩的父亲也在想着怎样把自己的损失减到最小。是的，唯一的方法就是打死这头大灰熊！于是，他发明了一个装置，把枪绑在树上，如果那头大灰熊踩到机关，那么，它就会被枪里自动弹出的子弹打死。

一天夜里，老费恩果然听到了枪响，不过遗憾的是，子弹并没有打中杰克，只是从杰克的头上方飞出去了。原来，老费恩把枪放得太高了，使得杰克幸免于难。就算是这样，它还是吓了一跳。

于是，那天夜里，没吃到猪肉的杰克疯狂地跑向了平原。

一天，杰克又找到了一户人家，并且在一股甜甜的香味的指引下找到了一个小木桶——木桶里装着砂糖，但是，桶太深了，杰克只能把头伸进去舔底下的糖。但是，吃完以后，它无法把头拔出来。

杰克愤怒地大声叫着，但是声音被憋在了木桶里，只能在耳边回荡。这一下，杰克更生气了，开始横冲直撞，并用力地敲打木桶。

这么大的响声自然引起了人们的注意。男主人向着杰克开了一枪，不过没有打中。情急之下，杰克一下子就把木桶敲碎了。这样一来，它的脑袋才重获自由。

由于最近接连受到枪声的惊吓，杰克后来很少接近人类的房子，把自己的活动范围限定在森林或者平原上。

一天，杰克正在找食物，突然闻到了杀死自己妻子的那个人的气味。于是，它竖起全身的毛发，立刻迅速地追了过去。

在此期间，几只大雁飞过它的头顶，它都没有理会。其实，猎人费恩当时正瞄准天上的大雁打算开枪射击呢！

杀妻之仇不共戴天，仇人就在眼前！杰克能够感受到那个人的气味越来越浓烈了，这说明自己与那个人的距离越来越近，它开始全力奔跑，以至于树丛在它的身后晃动得越来越快。它直接跑过树丛，然后扑向敌人，一掌把那个猎人打倒在地。

与此同时，猎人身后的树也倒在了地上！杰克的力气实在是太大了！

就这样，杰克成功地报了杀妻之仇！

13. 可怕的熊王

这一年，塔克拉山周围的灰熊好像特别喜欢牛肉。

从前，人们以为草莓和树根才是灰熊的最爱，所以没有感到有任何危险，当然，也没有去招惹它们。但是现在，灰熊们开始流行吃牛肉了。

在塔克拉山周围，几乎每个牧场都不停地传来牛被灰熊咬死的消息。灰熊不停地对周围的牧场发动袭击，它们不仅身材高大，力气大得惊人，而且非常狡猾。

牧场老板为此发布了巨额悬赏，请人去抓这些熊，以降低自己的损失。但是，不管他们出多高的价钱，都没人能够捕到熊，而且，被吃掉的牛的数量不减反增。

当地到处都流传着灰熊的故事，人们还根据它们的特点，给它们取了不同的名字。于是，关于灰熊的各种各样的传说开始流传开来。

比如，费萨河畔的灰熊跑得最快，如果它看中了猎物，就会从几十米外的地方一口气冲过来，径直扑向牛群——那些可怜的牛甚至来不及转身逃跑！

也有人说，有一头叫贝格托拉克的灰熊，没有人见过它的真面目，这是因为它只在晚上活动。听说它爱吃牛和猪，而且特别喜欢攻击人类。

另一头叫布林的熊生活在莫克拉姆地区，它的捕杀对象是最值钱的牛羊。

当然，其中最为勇猛的是一头被称为"熊王"的大熊。

大熊在每一个版本的传说中都非常狂暴可怖，但无论怎么说，佩德提到的"怪熊"才是其中最为可怕的。

一天夜里，佩德来到了兰卡的小屋，对兰卡说：

"从前的那头大灰熊还待在老地方呢，它已经长到了和大树一样高，被人们称为'熊王'。它以最雄伟、最健壮而闻名，而且，它具有恶魔般的智慧。就是它杀死了我的一千多只羊。有时，它追杀羊的目的并不是因为饥饿，而只是因为好玩！兰卡，你以前说过要帮我杀死那头大灰熊的。你准备什么时候行动呢？赶紧想个办法吧，不然，我的损失会越来越大！"

听了佩德的话，再加上悬赏的高额奖金，兰卡和老罗都动心了。

他们再次来到了内华达山。

其实，之前也有几个猎人来过这里捕捉传说中的熊王，但都没有成功。

兰卡和老罗认真地察看了熊的脚印和熊在树上蹭身体的痕迹，又调查了那些牛的死法。最后，他们得出了一个出人意料的结论。

兰卡非常自信地告诉人们说:"你们知道吗?那些所谓的费萨河畔速度飞快的大熊,吃猪肉、攻击人的贝格托拉克灰熊,布林熊和熊王,其实是同一头熊!"

猎人们听后大吃一惊,然而,兰卡和老罗的调查是正确的。

从那以后,人们就统一把这头熊称为"熊王"了。

14. 猎捕的代价

兰卡和老罗开始兴致勃勃地进行追捕熊王的准备工作。

就在这时,一位富翁在报纸上刊登了一则悬赏广告:活捉熊王的人可以得到目前赏金 10 倍的酬劳!

消息一经传出,兰卡和老罗就更加兴奋了。兰卡找来以前的伙伴们,一起商量活捉熊王的办法。

这时,有人说熊王在贝尔达修牧场出现了,当天夜里,就有三头牛死在了它的手上。

贝尔达修牧场离这里比较远,但一听说熊王在那里出现了,他们还是骑马赶了过去。两个人整整跑了一夜,以至于把马都累倒了。后来,他们又赶紧换了新马,继续赶路。

到达贝尔达修牧场以后,他们不顾旅途劳顿,马上让人带路,去察看熊王出没的地方。兰卡和老罗在现场的地面上找到了很多带有伤痕的脚印——肯定是它,就是那头大灰熊。

可是,进入树丛之后就再也找不到脚印了,别的地方也没有发现任何痕迹。这就说明：熊王还待在树丛里的某个地方。然而，想穿过这片茂密的树丛可不是一件容易的事。

兰卡让老罗在外面观察着，自己则骑马去召集伙伴们。得到兰卡的通知后，猎人们都带着枪来了。这时，兰卡对大家说："各位，听我说一句，熊王就在那片小树林里。天黑前它是不会出现的，所以我们要等到夜里再开始行动。另外，如果把它打死，那么，我们只能拿到一点儿钱。可是，如果活捉了它，那么，我们就能得到10倍的奖金！因此，大家都把枪放下，只带着套索就行了。"

有人反对说："我们带着枪不用总可以吧？"

兰卡果断地说："不行！如果带了枪，看到熊后，我们就会忍不住想射击。所以，最好不要带枪！"

最后，还是有三个人不听兰卡的话把枪带上了。如此一来，七个骑马的猎人就来到了熊王的藏身之处。

但此时距离天黑还有很长一段时间呢！

人们有些不耐烦了，开始大声地吵嚷起来，并不断地向树丛中扔石头。可是，树丛中非常安静，熊王根本没有理会他们。

中午，起风了，人们就点着了树丛中的好几个地方，在风的吹动下，火焰和烟雾向树丛冲去。树丛开始噼里啪啦地燃烧起来。一瞬间，树木燃烧的声音和树枝折断的声音一同响了起来。

之后，一头巨大的熊从树丛的对面跳了出来。

没错，这就是熊王杰克！

杰克跳出来的时候，根本没有理会那些骑在马上的人们，只是把身子转过来，非常沉稳地向小山走去。马上的人勇敢地向它投去用生皮做成的圈套，但他们胯下的马却因为恐惧而直立起来。

很快，三个勇敢的猎人就追上了熊王，并把套索扔向它的头顶。

这时，熊王还是没有生气，它就是不明白，这么多的人马是从哪里来的。它站起来，俯视着跑过来的人马。

见此情景，兰卡不由自主地说："天啊，佩德的话太对了，它真的像一棵大树那么高啊！"

随后，三个人都把套索拿了出来，伴随着"嗖嗖嗖"的声音，套索向着熊王的头顶飞去。这三个人都是个中高手，投掷套索可谓百发百中，因此，套索非常准确地套住了熊王的脖子。但是，熊王没费什么劲儿就用十分灵巧的前肢把三根套索解了下来。而由于这三个人还在拼命地拉，因此，他们在惯性的驱使下居然冲了出去。

熊王并没理会他们，依然慢悠悠地向着山冈上走去。

"喂，赶紧把它挡住！"眼看熊王就要离开，人们着急地喊道。

不一会儿，一个骑着马的男人跑了过来，从后面瞄准熊王的腿，干净利索地抛出了套索。当熊王发现自己的腿被套索拉住后，它低下头，很快就把套索咬断了。这时，它的腿又被另一根套索套住了，而且，是由两匹力量非常大的马拉住的，这回熊王差一点被拉倒。

此刻，熊王真的被惹恼了，它立刻转过身，怒视着眼前的人和马。

　　此时，熊王已经离燃烧的树丛很远了，后面就是没着火的树林。接下来，它就等着眼前的猎人们采取进一步的行动了。猎人们驱马继续逼近熊王。当他们即将靠近它时，熊王猛地扑向人和马。这下子，谁也没有机会逃跑了——熊王真的发怒了，它跺脚的声音就像地震一样响，地面上升起一片灰尘。三个骑马的猎人就此撞成一团，熊王飞快地扑向他们。就在一瞬间，三匹马就永远地躺下了。

　　但熊王并不准备停下来，依然在沙尘中挥舞着前爪，把敌人打得人仰马翻。在此期间，马的悲鸣声与人的惨叫声交织在一起。其实，有的人根本没机会发出声来。后面的人准备上前救助同伴，但熊王一直横冲直撞，他们根本没有机会靠近。

　　到现在为止，熊王已经打死了三匹马和一个人，还把另一个人打成了重伤。

　　幸存的那个人赶紧逃开了。

　　紧接着，熊王就向着山冈跑了过去。这时，有人在它的身后开了枪。

　　"砰！砰！砰！"

　　兰卡赶紧喊："不要开枪！从后面追上它，消耗它的体力，到那时，我们就能活捉它啦！"

　　但是，没人愿意听他的，其中一个人还生气地说："你到如今还不让我们开枪！难道你没看到地上的那两个人吗？如果我们不开枪，那么，我们迟早会落得和他们一样的下场。"

男人们不顾兰卡的阻拦，拼命向熊王开枪射击，直到射出了最后一颗子弹。

熊王受到惊吓，变得怒不可遏！

这时，兰卡大声地鼓励着同伴：

"我们一定能够活捉它的，现在就开始扔套索！"

兰卡一边喊着，一边率先将套索扔了出去，套住了熊王的前腿。紧接着，熊王的脖子又被两根飞来的套索套住了。

如果再有两根套索套住熊王的后腿，那么，它肯定就会被捆住了。但事情并没有他们想象的那么简单。杰克举起另外一个前爪，轻松地弄掉了前爪上的套索。但它没法挣脱套在脖子上的两根套索，因为每根绳子的另一端都有一人一马在用力地拉拽。

他们打算勒死熊王。

周围的人兴奋地围着熊王喊叫，并寻找着下一次出手的机会。眼看熊王就要被勒得无法呼吸了，只见它把两只前爪和肩部都压在地上，然后，身子向后一退，猛地一使劲，用力地拽住那两条绳子，仅两三下就把绳索两端的两匹马和上面的人拉向了自己。因为马也在使劲，所以，马蹄印深深地印在了地面上。

而那两个用绳子拉住熊王脖子的人，相互靠近彼此，如此一来，合力当然会更大一些。但是，就在这个拔河的过程中，熊王突然像箭一样扑向了他们。

两匹马的肚皮就这样被它撕开了。

骑在马上的男人们感到了极大的恐惧，发现形势不妙，立刻松开套索，拔腿就跑。熊王沉重地呼吸了一下，拖着脖子上的套索迅速地越过山冈逃走了。

幸存的人都回去了，脸上满是哀伤。临走的时候，他们不住地抱怨兰卡：

"哼，就是因为你不让带枪，才会弄成现在的局面！否则，我们才不会输得这么惨呢！"

那天夜里，兰卡和老罗在离牧场非常远的山上搭了帐篷。

老罗问兰卡："事到如今，你有什么想法？"

兰卡在篝火旁想了很长时间，过了好半天，他才对老罗说：

"太伟大了！这头大灰熊简直太伟大了！它是我所见过的身体最健壮的熊！它站起来就像一座小山。它打死那些马的时候轻松得就像在拍死一只苍蝇。我以前一直把它当成敌人，想弄死它，但现在我改变主意了！我开始喜欢它了，老罗！我一定要活捉它，哪怕这要穷尽我一生的时间！"

兰卡双眼放光，语气坚定地说。

15. 兰卡的诱捕

这次捕猎行动的代价太高昂了，不仅没捉到熊王，好几个猎人还因此白白丢了性命，真称得上损失惨重。从那以后，大部分牧场主都觉得不可能杀死那头大灰熊了，于是，他们纷纷取消了赏金。

当然，除了报社之外。

听说了这次人熊大战的故事以后，报社的负责人就给兰卡写了一封信。虽然上面只有短短的几个字，可对兰卡来说，意义却非常重大。信上写着：

"希望你能够捉到那头大灰熊。"

于是，兰卡更加坚定了将熊王活捉的决心。

收到信的那一刻，老罗也在他身边，于是，他们决定联手行动。之前用过的铁圈套、圆木箱、套索、猎狗等肯定不能再用了，必须使用一种新的办法。

兰卡想到了一个好主意，那就是先用三个月的时间追踪熊王，弄明白它经常去的地方，然后伺机行动。

就这样，两个人从此每天都出去寻找熊王的足迹。

原计划用三个月，实际上却用了半年的时间。在此期间，他们不断地听到熊王四处杀死牛和羊的消息。

兰卡和老罗在熊王经过的路上全都布置了圈套。总结了之前的失败教训之后，他们对新圈套进行了改进：用铁螺丝牢牢地将圆木固定住，在圆木的一端做了一个镶嵌着铁栏杆的小窗。门也做得非常结实——他们把两层厚木板叠在一起，为了不让阳光射入，中间还夹上了防水纸。然后，又贴上了一层铁板。

同时，他们还在门下挖了水沟，以避免熊把门举起来。他们又在活动门的两侧装上了门轨，使活动门能够顺畅地滑动。这样一来，活动门一旦落下，就会直接陷入门轨，无论里面的动物怎么用力，也无法将之推开。

这一次，他们没有像前几次那样，在木头上抹泥土，也没有像前几次那样，用腐肉做诱饵，而是让木头经受风吹雨打，从而自然地除去人的气息。然后，他们把圈套的门挂住，不让它落下来，再把诱饵挂在里面。这样一来，熊就能够自由出入了。

熊几次进入圆木圈套吃诱饵，都没有遇到任何危险，于是就一点点放松了警惕。

最后的胜利就要到来了！

就在熊对圈套放松警惕的时候，兰卡和老罗把蜂蜜——熊王难以拒绝的美食找来做诱饵，而且在蜂蜜里放了大量的安眠药。这样一来，只要熊王进了圈套，吃了蜂蜜，就只能束手就擒了。

这天夜里，熊王杰克又离开了家，到处转悠。当然，它的伤已经完全好了。它那敏感的鼻子又开始捕捉空气中的各种气息了。嗯，这是羊的气味，那是牛的气味。在这之前，它已经从这些美味中尝到了足够的甜头。

忽然，空气中飘来一种甜甜的气息。杰克抽了抽鼻子，是的，这的确是一种会让它感到兴奋的气息。于是，杰克改变了前进的方向，走向了飘来蜂蜜气味的地方。

它找到了一个圆木洞，蜂蜜的气味就是从那里散发出来的。它近乎贪婪地舔着蜂蜜袋，紧紧地咬住，使劲一拉。

只听"扑通"一声，后面的门就掉了下来。杰克没有理会，因为以前也发生过这样的事，它知道怎么把门打开。于是，它放心地咬住口袋，吸吮着里面的蜂蜜。

起初，它贪婪地舔着，可是不一会儿，它的动作就慢了下来，渐渐地，它的双眼闭上了，然后就躺下睡着了。

天快亮的时候，兰卡和老罗来这边察看，发现了熊王的脚印，他们感到非常紧张。这回，他们确信，熊王肯定在里面。因为怕熊王提前醒来，他们急忙趁它熟睡的时候把它绑了起来。然后，在杠杆的帮助下，他们把沉睡中的熊王拖出了圈套。

做完这一切以后，兰卡和老罗又担心熊王因为吃了太多的安眠药而死去，于是，他们又想办法弄醒了它。

熊王终于醒来了。这时它才明白，自己居然被捆绑起来了。它生气地发出骇人的吼叫声，并不断地横冲直撞。但是，这些动作没有起到任何作用。

兰卡和老罗把熊王放在六匹马拉着的雪橇上，来到了平地上，接着，又改用火车装运。人们把它喂饱后，用大型起重机把它和铁链、木头一起吊起来放在了货车上，还把一块巨大的防水布盖在了熊王的身上。

就这样，他们把熊王杰克带到了另一个世界。

16. 兰卡的悔悟

他们把熊王运到一个大城市以后，就把它关在了一个大笼子里。这是一个非常结实的笼子，四周的栏杆都是铁制的，甚至比关狮子的笼子还要牢固好几倍。

熊王不想被关着，也不喜欢这里，最终，它弄断了绳子，在一边看热闹的人和动物园饲养员被吓得四处逃窜。

兰卡和老罗却没跑，依然守候在那里。

熊王弄断绳子以后，就把目标对准了笼子的铁栏杆。它把铁栏杆弄弯了，眼看也要把笼子弄坏了。这样，人们就更加紧张了，怕熊王跑到外面闯祸，于是赶紧运来一个装大象的笼子。等熊王被关到这个大笼子里以后，人们才稍微松了一口气。这下子，熊王再也出不来了——那个笼子非常结实，就连大象都出不来。

熊王在笼子里四处走动。因为新换的笼子是直接放在地上的，所以，它很快就找到了一块露出土地的地方，然后，它就拼命地在那里挖起来。结果不到一个小时，它就挖好了一个洞穴，然后藏身进去。人们赶紧往洞穴里灌水，把它从里面赶了出来。

这样一来，人们又只能把它关进一个为它量身定做的、更加结实的笼子里了。熊王在新笼子里面绕了一圈，继续进行破坏行动。它用力打歪了结实的铁棒，甚至扭松了埋住栏杆的根基。天知道，这些铁管可是用许多长3米、粗5厘米的铁棒做成的，它们的下面还铺了结实的岩石呢！

熊王爬上了铁架，对外面的人怒目而视。人们急忙拿来火把吓唬它，最终，它总算是安静了下来。

为了防止杰克不停地搞破坏，动物园里的工作人员不分昼夜轮流看守它。同时，他们又用混凝土把地面全部加固，并且把它转移到了一个更加坚固的笼子里。这个新笼子的顶部是用钢铁制成的，地板是用岩石制成的，与以前的那个笼子相比，这个笼子要牢固好多倍呢！

和之前一样，熊王进入新笼子后，还是先在笼子里四处走动和察看，想寻找能够下手的地方，它先试着扭动每根铁棒，然后察看每个角落和地板是否存在裂缝。最后，它总算发现了一根木头门闩。这根门闩是整个笼子里唯一的木头，上面包着铁皮，只露出了一点儿木头。

发现了这根圆木以后，熊王成天用爪子抓。最后，圆木终于断成了两截。接着，它不停地用肩膀去撞击空心的铁管，可遗憾的是，铁管并没有折断，它的努力白费了。

最后，杰克终于醒悟了——自己将成为这里永久的犯人。于是，这个如同小山一样的大家伙趴在地上痛哭起来，当人们看到勇猛无比的熊王居然用两只前掌捂着鼻子大哭时，真是无比震惊。

它哭得如此伤心，就像一个可怜的小孩子一样！

熊王杰克彻底失去了自由，于是，它不住地掩面哭泣。就连饲养员送来食物时，它都不看一眼。第二天，当饲养员来到这里时，杰克还是像前一天那样趴在地上，不过已经停止了哭泣，只是不时地发出几声呻吟，而那些食物则原封不动地放在那里——它根本没有吃。

两天以后，食物开始腐烂了。到了第三天，熊王依然趴在地板上，而且把鼻子放在了两腿中间，紧闭着双眼，人们只能通过观察它那起伏的肚皮才知道它还活着。

很明显，熊王的原则是"不自由，毋宁死"！

动物园里的饲养员真的没办法了，只好来找兰卡。兰卡来到动物园，看到自己挖空心思捕捉到的熊王居然变得奄奄一息，不禁十分难过。于是，他来到笼子旁边，双手穿过铁栏杆，想要抚摩熊王。

熊王的身体冷冰冰的，一动不动。

兰卡请求饲养员让自己走进笼子里，去看一看熊王，可是饲养员拒绝了：

"那绝对不行！那个大家伙毕竟还是活的呢！"

最后，经过兰卡的反复请求，饲养员才答应了他，不过反复叮嘱他一定要小心。

兰卡来到了熊王身旁，用手轻轻地抚摩着它的头。熊王依然静静地躺着，一动不动。兰卡一边摸着熊王，一边自言自语。摸着摸着，兰卡的手不自觉地碰到了熊王的耳朵。

兰卡大吃一惊：这是什么情况？怎么会这样呢？

熊王的耳朵上居然有个小洞！很多年前，为了在小熊杰克身上弄个标志，兰卡特意在它的耳朵上穿了两个洞。于是，他进一步确认，结果在熊王的另外一只耳朵上也发现了一个豁口！

原来，熊王就是从前那个可爱的小熊杰克啊！

兰卡和小熊杰克重逢了！

兰卡禁不住浑身颤抖，嘴里嘟囔着："杰克，真的是你吗？我对不起你啊，杰克！如果我早知道你就是杰克，我怎么会让你受这么多苦呢！原谅我吧，杰克！"

可是不管他怎样呼唤，杰克还是一动不动。

兰卡突然想到了一个办法。他回到自己居住的地方，换上杰克熟悉的衣服，还带来了一大瓶杰克最爱吃的蜂蜜。

然后，兰卡对着杰克大声喊着："杰克，是我啊！赶紧醒醒！这里有你最喜欢吃的蜂蜜呀！"

兰卡把蜂蜜放在了杰克面前。可口的蜂蜜、亲切的衣服气息和熟悉的声音唤醒了杰克，也唤起了它记忆深处的那份温情。熊王慢慢地睁开了眼睛。

最后，好似奇迹一般，杰克又活了过来！

看到杰克终于恢复了神智，兰卡突然放声大哭，而且哭得非常伤心！然后，兰卡静静地离开了装着杰克的大笼子。

从那以后，在动物园里饲养员的精心照顾下，杰克慢慢地恢复了健康，又能够走动了。

但它依然怀念着过去在雄伟的山峰间自由行走的美好时光！现在，它只能在眼前的这个狭窄的笼子里生存着。

闲暇的时候，杰克的目光会越过笼子前面的人群，向着远处的山峰眺望。它的家曾经在那里，那里代表着自由，可是如今，它再也回不去了！

小麻雀兰迪的
故事

1. 两只麻雀

伴随着一阵叽叽喳喳的尖锐而短促的声音，许多只麻雀正在不停地争吵着，闹个不休！

纽约第五大道旁边的一个水沟里有五六只麻雀正打闹成一团。它们吵得非常凶，这是发生了什么事呢？

这时，它们一边吵着，一边飞出了水沟。

如果你仔细地看一下，就会发现其中的奥秘。原来，这是几只公麻雀在为了讨一只小母麻雀的欢心而争风吃醋呢。其实，这本来应该是一件开心的事，然而，因为它们的追求方式非常粗鲁，最终惹烦了这只母麻雀。

很明显，这群公麻雀是在求爱，但那只母麻雀没看上它们中的任何一个，从它的嘴巴上就能看出这一点。

很快，它们又把阵地转移到了旁边的一座建筑物上。那只母麻雀在拍打翅膀的时候，无意中露出了一片白色的羽毛，那羽毛非常引人注目，是雪白的。一般情况下，麻雀的羽毛都是一种颜色，像这只母麻雀一样拥有一根白翎的可太少见了。很显然，这根白色的羽毛是母麻雀身上的一个耀眼的亮点，几只公麻雀被她迷住了。当然，这根白色的羽毛不仅诱惑了那几只公麻雀，也吸引了我的注意力。

孩子们在院子里钉了一根木桩，又在木桩上面放了一只巢箱。孩子们希望麻雀们可以来这里筑巢。

果然有一天，飞来了一只麻雀。它把巢箱里外检查了一遍，似乎还算满意，于是准备在这里筑巢了。麻雀都是成对筑巢的，可这只麻雀却不一样，它只有单身一人。这让人很难理解，然而，让人难以理解的可并不只这一点呢。

比如，它在筑巢的时候只选择一些小枝条。更奇怪的是，它居然还会像金丝雀那样唱歌，而且唱得十分有模有样。

原来，这只麻雀有着独特的经历——它从小是和金丝雀一块儿长大的，只是后来，它逃走了。它从前的主人是第六大道的一个理发师。这个理发师非常喜欢养鸟，于是就养了几只金丝雀。有一年，他把一个麻雀蛋放进了金丝雀的窝里，很快，一只小麻雀就孵出来了。金丝雀把这个小家伙当成了自己的孩子，精心照顾。因为金丝雀喜欢唱歌，所以时间一长，小麻雀也学会了。同时，因为金丝雀是用柳枝筑巢的，所以，小麻雀也就养成了用柳枝筑巢的习惯。

长大后的小麻雀非常惹人怜爱，每一个来理发的客人都特别喜欢它。但它十分霸道，只要金丝雀一唱歌，它就生气，气急了就会故意打断金丝雀的歌声，然后自己起劲儿地唱起来。它的好胜心太强，从来不肯示弱，一直想和金丝雀一较高下，因此每次唱歌都非常卖力，非常投入。

外面的世界很精彩！这只麻雀自然也不愿意让鸟笼成为自己仅有的天地。终于，机会来了。一天，因为放鸟笼的隔板坏了，鸟笼就这样掉在了地上，于是，麻雀和金丝雀一起趁机逃了出来。金丝雀性格比较温顺，因而没能及时逃掉，又被主人抓回去了；而这只麻雀却逃了出来，从此过上了自由自在的生活。

我们给这只麻雀取名叫兰迪，现在，它正在我家院子里为自己筑巢呢。它用了一周的时间才将巢筑好。因为它只见过金丝雀的巢，也只会用细枝筑巢，所以，它也就只能"原样复制"了。

很快，兰迪带回来一只母麻雀，想必那就是它的新娘了。不过奇怪的是，这个新娘子怎么看怎么眼熟。我仔细一看，呀！它的翅膀底下居然长着一片雪白的羽毛！原来，它就是那只在第五大道旁边的水沟里和那几只公麻雀大吵大闹的母麻雀啊！我给它取名叫比蒂。

我猜，比蒂极有可能是被兰迪那美妙的歌声打动的，因此才做了它的新娘。

2. 新家落成

兰迪就这样带回了自己的新娘。没想到，比蒂不等脚跟站稳就飞出去了。这可把兰迪急坏了，它担心比蒂就这么飞走了，于是就不断地呼唤它。看到兰迪的那副可怜样儿，比蒂心软了，又和它一起回到了巢里。

可是，比蒂又一次飞了出来！看起来，这次它好像非常生气，嘴里一直在骂着，虽然听不明白，不过可以肯定的是，那绝对不是什么好听的话。兰迪依然耐着性子，不停地安慰它："你消消气好不好？这样会气坏身体的，还是进来吧！"

听了兰迪的话，比蒂停止了谩骂，一边絮絮叨叨地说着什么，一边飞进了巢里。没过多久，它就衔着一根小树枝飞了出来，然后把小树枝往地上一扔，扑打着翅膀飞走了。这一次，它是真的走了，不知道去了哪里。

之后，兰迪也跟了出来，它的表情简直沮丧透了。它就不明白，为何自己花了那么多心思筑的巢，比蒂就是不满意呢？这个鸟巢可是兰迪的骄傲啊！它似乎无法接受这么大的打击，就沮丧地站在巢穴入口处，看上去心灰意懒。

过了一会儿，兰迪依然不死心，就又开始大叫起来，似乎在呼唤着什么。看样子，它仿佛在说："赶紧回来吧，我求你了，好不好？"但是，哪怕它喊破喉咙，新娘子也没回来。

兰迪叫了很久，可是根本看不见比蒂的踪影。它知道，比蒂真的不会回来了，于是，它只好悻悻地回巢了。很快，它把一根很大的树枝从巢里叼出来，扔到了地上。然后，它又这样进进出出了很多次，埋头折腾了一个小时，把它辛辛苦苦花了一周时间叼回来的小树枝都扔了出来。其中有一根竟然是从联合广场那儿叼过来的带权的树枝。

最后，它看了一眼空荡荡的巢穴，又看了看树底下那一小堆枝条，尖叫了一声就飞走了。我想，那声尖叫极有可能是麻雀之间惯用的粗话。

第二天，兰迪又把比蒂带回来了，并把它请进了巢里。比蒂刚一进去，又马上出来了。它瞪着地上那堆小树枝，看了很久以后，又回到巢里，把剩下的小枝条统统扔到地上，这回它似乎非常满意："呀！这下可好啦！"

然后，它又进进出出巢穴十次，之后就和兰迪一起飞走了。

不一会儿，它们又飞回来了。兰迪的嘴里叼了一根麦秸，而比蒂的嘴里则叼着干草。原来，它们是打算重新筑巢！它们把嘴里的东西一点点运进巢里，然后又飞出去搬运材料了。

现在的兰迪非常听话，简直可以称得上是一个称职的丈夫。它怕比蒂太辛苦，于是让它待在家里筑巢，独自来回运送材料。而倘若兰迪迟迟不归的话，比蒂也会出去找它。

为此，我专门做了一个小小的试验。我把 30 根五颜六色的缎带并排挂在窗户外面，看它们到底会选择哪一种。兰迪先叼走了一根，然后，比蒂也叼走了一根。开始的时候，它们叼的都是暗色的，等叼完暗色的以后，比蒂就开始叼那些亮色的了。而兰迪似乎只对那些看上去像小棍儿一样的暗色缎带感兴趣。看来，它还是更喜欢小棍子和小树枝。

有一回，它尝试着把一根小枝条放进了巢里，心里或许也在想着：我就放一根，它大概不会生气吧！但是出人意料的是，比蒂还真生气了。它气呼呼地把那根小枝条扔到了外面，还大声尖叫着："你的胆子可太大了，我说不可以就是不可以！"

身为兰迪的妻子，比蒂觉得兰迪应该知道的事情，兰迪却偏偏不知道——它居然不知道筑巢应该用什么材料，至于别的事，更是一无所知。

有一次，比蒂叼回来一些羽毛。兰迪一看，立刻就发怒了："这都是些什么玩意？铺在巢里能有什么用？"

于是，它趁比蒂不在家，把羽毛叼到外面扔了。就在此时，比蒂叼着新羽毛回来了。它看到那些羽毛纷纷扬扬地往下落，就急忙去叼。直到把羽毛都叼在了嘴里，这才向巢里飞。这时，兰迪还在往外扔，它们就在巢门口碰面了。

一见到兰迪，比蒂的火气蹭的一下就升起来了，它大声叫道："你这是在干什么？"

兰迪一听，也没好气儿地说道："你看看你，弄回来的都是些什么玩意儿！还能住吗？"

它们俩彼此看不顺眼，脾气越来越大，嗓门也越来越高，以至于比蒂叼回来的羽毛飘落得到处都是。最终，战火直线升级。比蒂准备把羽毛放进去，兰迪却坚决不让放。它们就这样吵了很久，最后，兰迪决定还是顺着比蒂的意思。由此看来，在脾气暴躁的比蒂面前，兰迪根本就没有什么办法。

第二天，兰迪就帮着比蒂把飞散在外面的羽毛都叼回了巢里。这场"战争"就此结束了。

可固执的兰迪仍然死性不改，还是想趁比蒂不在，再把几根小树枝放进巢里。

说干就干！它先到处看了看，然后又故意喊了两声，没听到比蒂的回音，这表示它不在附近。于是兰迪开始行动了。它迅速地跑到那堆小树枝那儿，把那根带杈的叼起来，以迅雷不及掩耳之势飞回了巢里。不好！这根树枝分成两杈，无论怎样都进不去！最后，兰迪费了好大的功夫，才把它弄进去。为了避免被比蒂发现，它还用那些筑窝的材料把小树枝盖得严严实实。

这下终于好了！兰迪长长地松了口气。于是它就飞到外面，悠闲地四处张望，接着整理整理羽毛，清了清嗓子，开心地唱起了金丝雀之歌。它兴致一来，一首接一首地唱个不停，嗓门也越提越高，甚至还尝试用新调子唱，幸福得如同吃了蜜一样。

很快，比蒂又叼着羽毛回来了，心情特别好的兰迪热情地把比蒂迎进巢里，又帮它铺好羽毛。就这样，这对麻雀夫妇的新家正式竣工了。

3. 换鸟蛋

过了两天，我去参观了它们的新家，真是值得祝贺！

大部分麻雀都有一个习惯，它们如果发现有人偷看它们的窝，就会声嘶力竭地叫。但是兰迪和比蒂并非如此，当它们发现我在参观它们的窝时，它们只是躲在一根烟囱后面，远远地盯着我。

第二天，我听见巢穴里的麻雀叫嚷得特别厉害，似乎发生了什么大事，于是就走过去一探究竟。原来，比蒂最终还是发现了兰迪藏在羽毛下的小树枝。看到我来了，比蒂出于本能开始往后躲，但马上又被拉了回去，很快，它就叼着那根小树枝走了出来。看起来，它非常生气，虽然这是兰迪的宝贝，但比蒂根本不管这些，它狠狠地把小树枝扔到了地上！

就这样，兰迪挖空心思藏起来的小树枝被比蒂扔了！然而，比蒂扔下来的可不只是一根树枝，上面还有一枚珍贵的鸟蛋。鸟蛋掉到地上，摔得稀碎。但是，兰迪和比蒂似乎并不难过——它们很快又产了5枚新蛋，一个个并排着躺在巢穴里。

这时，我的脑海中产生了一个新主意——如果把一个看起来像鸟蛋的小石头放在它们的巢里，会发生什么事呢？于是，我准备再做一个试验。

第二天，我趁兰迪和比蒂不在家，偷偷地把一颗玻璃球放进了巢里。我想看看到底会发生什么事。而就在隔天早晨，我遇见了一件奇怪的事。

那天，我去第五大道。走到半路，我看见很多人围在道边，他们都在往水沟里瞧。我走过去，插空儿往里面一看，原来是两只麻雀正在"激战"！它们互相揪住，谁也不让谁。不一会儿，它们就分开了，都用尾巴和翅膀支撑着疲惫的身体，它们一边喘着粗气，一边怒视着对方。我定睛一看，居然是兰迪和比蒂！

"战争"尚未结束，很快，它们又开战了。此时，一个围观的人"嘘"了一声，就要伸手去抓它们，不过还没等他出手，兰迪和比蒂就马上逃走了。它们把战场转移到了旁边的一个房顶上。

这天下午，我在巢穴下面找到了那颗玻璃球。我想，这肯定是被它俩扔出来的，可是一起被扔出来的还包括那5枚鸟蛋。由此可见，这颗玻璃球就是它们打架的导火索。

但是，兰迪和比蒂并不记仇，它们还是迅速和好了，打算去过新生活。于是，在比蒂的建议下，它们准备另建新家。地址就选在马吉逊广场正中央一个悬挂着的电灯罩里。

虽然连续几天都在刮大风，但是这并没有给它们重建新家的工作带来影响。一周以后，它们就把巢筑好了。灯罩不停地摇摇晃晃，灯泡也不停地发着亮光，但是它们一点儿都不受影响。然而，不幸的是，这个新家很快就被捣毁了——因为灯泡的灯丝断了，电工在换灯泡时顺手就把旧灯泡和它们的巢一起扔了。

4. 夺巢之战

麻雀的生存能力非常强，虽然它们身躯娇小，但是性格坚毅，敢于同困难做斗争。比蒂和兰迪看到自己的家被人毁了，索性把家搬到了马吉逊广场公园里的一根榆树杈上。

广场对面也住着一对麻雀夫妇。听说这对夫妇一直是这个地方的一霸，特别招人厌烦。公麻雀长得又大又肥，喉咙下方有一大块黑色的毛，看上去就像系了一根领带。

虽然领带麻雀身材壮硕，却娶了一只特别漂亮的母麻雀。它们把家安在了广场附近最好的地段，所有的筑巢材料都是最好的。

对生活在广场里的麻雀来说，珍珠鸡的羽毛一直都是筑巢的上等材料，因此，它们都想用珍珠鸡的羽毛筑巢。开始的时候，不知是哪只麻雀从特拉尔·帕库动物园叼来了一些珍珠鸡的羽毛，现在却被领带麻雀霸占了。它把自己的巢筑在了新建银行的大理石柱子上，那是一座非常标准的豪华住宅。

在广场一带，领带麻雀就是老大，而且往往目中无人，如果它看谁不顺眼，就会对谁大打出手。一天，它听到兰迪正在唱金丝雀之歌，就直接飞过去和它打架。

以前兰迪的脾气也很差，但是当领带麻雀站在它面前时，它就心甘情愿地认输了。领带麻雀见兰迪认输了，态度越发嚣张，居然大摇大摆地到兰迪的巢里巡视了一番。它看上了其中几根带颜色的带子，就准备强行带走。

兰迪生气了，于是鼓足勇气向着领带麻雀扑了过去。

这时，别的麻雀也飞过来了，但它们都是来帮领带麻雀对付兰迪的。兰迪由于势单力薄，很快就招架不住了。就在此时，一只小母麻雀直冲了过来。它拍打着翅膀，露出了一根白色的羽毛，原来是比蒂！只见它横冲直撞，勇猛无敌。那些欺负兰迪的麻雀见此情景，立刻落荒而逃。

飞扬跋扈的领带麻雀也不能幸免，比蒂把它尾巴上的羽毛都拔了下来。这时，兰迪的胆子也变大了，对着领带麻雀就是一阵拳打脚踢。领带麻雀压根儿不是它们俩的对手，于是也只能选择逃跑了。可是，比蒂却对它紧追不放，甚至跟着领带麻雀飞到了它的巢里，夺走了所有珍珠鸡的羽毛，更"过分"的是，它居然把领带麻雀身上的羽毛也抢来当作自己筑巢的材料了。

因为现在已经不是筑巢的最佳时间了，因此，它们极难找到筑巢的好材料。很快，比蒂就发现，马毛是一种好材料，而且可以做羽毛的替代品——它在广场十字路口停靠马车的地方找到了一地的马毛。

于是，兰迪和比蒂立刻飞过去收集马毛。因为马毛特别长，兰迪和比蒂无法运走。于是，它们就把每根马毛都折成两三折，然后再往头上绕一圈儿，这样就能顺利地把它们运回家了，而且每次都能运两三根。

其实，开始的时候，比蒂也不知道马毛还能用来筑巢，它还是从别的麻雀那里偷学来的。而把马毛绕在脑袋上是一件非常危险的事情，一旦马毛缠住脖子，就可能会造成危险。

不过，危险并没有发生，它们将马毛当成麦秸使用，很快，巢就这样建好了。

5. 兰迪的新生活

兰迪接着去搬运马毛，比蒂告诉它不用再弄了，于是它就回来了。我一直不知道比蒂是怎么通知它的。

这时，兰迪闲极了，就站在一个铜像头上准备高歌一曲。这次，它想改一下调儿，于是清了清嗓子，劲头十足地唱了起来。就在兰迪唱得忘乎所以的时候，突然听见了比蒂的尖叫声。它本能地向巢那儿看了一眼，只见比蒂飞到了巢附近，但不知为什么，比蒂似乎只飞了一点儿就飞不动了。

兰迪马上飞过去看到底发生了什么事。原来，马毛的一端缠住了比蒂的头，另一端则牢牢地缠在巢穴上。

兰迪吓傻了，它边飞边叫，急得围着比蒂打转。别看它们平时没完没了地吵，其实它们都深爱着对方，尤其是在关键时刻，你就能看出兰迪有多爱比蒂了。它想尽各种方法想救出比蒂，比如拽着比蒂的脚向外拉。可是，它不仅没把比蒂拉出来，还让比蒂的头因此被缠得更紧了。

就这样，比蒂死了，而兰迪一时还无法接受这个事实。直

到第二天，当兰迪看到比蒂依然吊在外面一动不动时，才彻底死心了。

兰迪不但性格暴躁，头脑也不机灵——它是被人饲养大的，对人和车都不陌生，因此从不会提防。就在那天下午，兰迪正站在道边儿，恰巧，邮递员骑着自行车经过它的身边，它由于躲闪不及，被车轧到了尾巴，它急忙想躲开，没想到又被车轮轧到了右边的翅膀。它的伤势非常严重，已经飞不起来了。

兰迪拖着受伤的翅膀，朝一片树荫蹦蹦跶跶地跳过去。它的身体非常虚弱，因此想用树荫挡住自己。就在这时，一个小姑娘牵着小狗走了过来，她看到受伤的兰迪，就把它捉住了。

这个小姑娘非常有爱心，她把兰迪带回家，放进了笼子里精心地照顾着。

过了几天，兰迪的伤好了，它又开始唱起了歌，歌声和金丝雀的歌声一样。小姑娘和她的家人对此感到极为吃惊。很快，这件事就传开了，兰迪成了人们议论的焦点，就连记者也来关注它了。

不久，兰迪的故事被登在了报纸上。以前饲养过兰迪的理发师看到后，就带着那些曾经见到过兰迪的证人去小姑娘家索要兰迪。他对小姑娘一家说："那只麻雀以前是我饲养的，后来飞走了。"

他又指了指身边的人说："他们都能证明，而且，他们都听过那只麻雀唱金丝雀的歌。"

听完理发师的解释，小姑娘就把兰迪还给了他。就这样，兰迪重回"故里"了。

理发师又像以前一样把兰迪放进了笼子里，兰迪的生活又回到了最初。

鸟笼里的生活与外面风餐露宿的生活不一样，是富足而又安稳的。兰迪不用再去辛苦地寻找食物，它每天都吃得饱饱的，然后就开始唱歌，生活别提多惬意了。

兰迪筑巢时还保持着老习惯，总是弄一些小棍子。如果有谁在它的笼子里放上几根羽毛，它也会"照单全收"。但它只会让羽毛在它的巢里过一夜，第二天早上，它就会把它们统统扔出去。

细心的理发师发现兰迪在筑巢，以为它想找爱人了，于是，就把一只母麻雀放进了笼子里。但是兰迪压根儿不领情，它不喜欢任何一只母麻雀。为了表达自己的反感，它居然不停地横冲直撞，把母麻雀吓坏了。无奈之下，理发师只能把母麻雀挪走了。

兰迪还是继续唱着金丝雀之歌，但是，它更像是在唱战歌。只要理发师用公麻雀的标本去刺激它，它一定会劲头十足地唱起来！

兰迪把全部精力都投入了歌唱中。如果你站在理发店的旁边，你就会发现，一个精力充沛的歌者似乎忘记了寂寞、忧愁以及生命中的悲伤，忘我而投入地歌唱。它就像修道士一样，在经历了生活的酸甜苦辣并懂得了生活的艰辛后，回归了心灵的净土，用自己的余生享受心灵的欢悦。

故事

印度猴子吉妮的

1. "危险！"

一只用金属丝捆绑的笼子被运到了华特曼动物园里。笼子看起来非常结实，上面还钉着一块木板，写着："危险！"

饲养科科长约翰·波纳米一靠近这个笼子，就听见里面传来一阵"咔咔咔"的敲打声，接着就是一阵晃动铁栏杆的"哐啷哐啷"声。他不禁在想："里面的动物确实非常危险。"

虽然隔着铁笼和木板，但是根据多年的经验，波纳米早已知晓里面装着哪种动物了。没错，里面是一只印度母猴子。这只猴子直立起来有一米多高，是所有印度猴子中个头儿最高大的。它非常凶猛，一旦发狂就很难驯服。因此，这种猴子是非常危险的。

饲养科的其他员工得知新来了一只猴子的消息后，都聚过来看，结果这使得猴子更加急躁了，它开始大闹起来。一位饲养员想打扫一下笼子里的粪便，可他刚把扫帚伸进去，那个猴子就一把将扫帚抢了过去，只听"咔嚓咔嚓"几声，它就咬烂了扫帚的木杆。它还不停地扑打栅栏，想吓走围观的人。

员工杰克是专门负责照顾猴子的。他相信，自己能够让这个"新人"安静下来。但是，就在他刚将头贴近笼子时，那只猴子突然伸出毛茸茸的爪子，迅速地在杰克的脸上抓了一下，不仅抢走了他的眼镜，还在他的脸上抓出了几道深深的印痕。

杰克怒不可遏，一直在咒骂那只"浑蛋"猴子，但他也只是嘴上功夫，实际他拿那只不懂事的猴子毫无办法。旁边的人看到杰克一脸的狼狈相，忍不住放声大笑。

波纳米正想去巡视别的地方，听见这边非常吵闹，就折了过来。波纳米以前是一个非常有经验的饲养员，他一听就明白发生了什么事。他走过去，对工作人员说：

"要记住，猴子是和人类差不多的动物。即使是人到了一个陌生的环境，也需要时间去适应。所以，我们对待新来的动物要更加耐心，只有让它们得到好的照顾，它们才能对新环境产生安全感。那么，我们不妨试着和它说说话吧！"

说着，他就让大家去笼子对面，这样能够让猴子保持安静。他蹲在笼子旁边，轻声地说道：

"你是新来的，我们应该给你取个名字，那么就叫你吉妮吧。以后，我们慢慢相处，我相信，过不了多久我们就会成为朋友的。你说对吗，吉妮？"

波纳米就用这种温和的语气和吉妮聊了起来，他的手和脚基本保持不动。或许是因为波纳米的语气非常温和、镇定，在他的说话声中，吉妮竟渐渐平静下来，不再"呼呼呼"地喘粗气了，而是慢慢地蹲在一个角落里，两只瘦瘦的爪子相互交缠着。但是，它脸上的表情还是非常可怖的，双眼紧紧地盯着波纳米。

恰巧这时，一阵风差点刮掉了波纳米头上的帽子，于是，他立刻伸手去按帽子，吉妮一看他举起了手，立刻发出了一阵咆哮。波纳米说："吉妮，你过去是不是经常被人打？所以对人特别敏感？真是太可怜了！"说着，他开始认真地察看吉妮的身体。

确实，吉妮的身上遍布伤痕。吉妮来自遥远的印度，是用船运过来的，已经在海上颠簸了许多天，船身时不时会剧烈地摇晃。关它的那个笼子非常小，船一震动，笼子也会跟着震动，吉妮难免会因情绪烦躁而打闹。那些粗暴的工人被惹烦了，为了让它安静下来，就总是打它。这就导致一有人靠近它或是稍有动作，吉妮就以为自己又要挨打了，然后马上大喊大叫起来。

波纳米非常喜欢动物，尤其喜欢给它们安排舒适的生活，所以，他能和任何动物交朋友。而且，他非常喜欢驯服那些凶猛的动物。所有人都说：波纳米一定可以在一天之内让吉妮乖乖地听话。听到这些话，波纳米只是一笑了之。

现在，波纳米首先要做的，就是让员工们把吉妮从小笼子里转移到动物园的大铁笼子里。通常情况下，只要笼子门一打开，动物就会马上跑出来——笼子里的空间太狭窄了，给它们的自由造成了极大的限制。但是吉妮没跑，它躲在笼子里一动不动，眉头紧锁，警惕地观察着周围的一切。

波纳米知道吉妮为什么不出来，从它那满身的伤疤就能知道——它在此之前遭受了很多粗暴的折磨，因而对人类怀有怨恨和防备的心理。由此看来，吉妮需要时间慢慢地与人类接触，现在，最重要的就是得到它的信任，此外，别无办法了。于是，波纳米就让大家去工作了，先让吉妮自己静静地待着。

整整一天，吉妮都没有走出笼子。到了傍晚，波纳米忙完手边的工作以后，想看看吉妮怎么样了，于是，他悄悄地走了过来。这时，吉妮已经走出了它栖身的那个小笼子，来到了大笼子里的水槽边，洗了洗手和脸。这是它离开印度后，第一次得到清洗身体的机会。

洗完后，它依然小心地观察了一下四周，尽管旁边摆了很多香喷喷的、极具诱惑力的食物，但它不敢去吃。它非常小心地走到角落里，不时地用手指触摸一下铁笼子上新涂的油漆，然后，又去水槽边喝了一点儿水。随即，它坐下去捉身上的跳蚤。过了一会儿，它又站起来，看了看那个装它的小笼子。

过了很久，吉妮仍然不吃东西。猴子和人一样，如果太过疲惫，就会失去饥饿感，最多只是喝点水而已。现在，它最需要的是休息。

2. 吉妮的新朋友

第二天，吉妮躲到了笼子顶上。这时，杰克想把装吉妮的那个小笼子拿出来清洗一下，但是，他担心会惹怒吉妮，于是他就准备了一根带钩的木棒，想用木棒把笼子钩出来。杰克刚把木棒伸进去，就被吉妮发现了。它猛地跑向杰克并试图抢夺那根木棒，杰克一着急就用木棒捅了它一下。结果，吉妮马上"哇哇"地大吵大闹起来。

杰克总是听波纳米说不要和动物结仇，否则会给园子带来麻烦。今天碰到这件事，杰克非常恼火，就去波纳米那儿发牢骚："吉妮太难伺候了，它不让我去拿那个笼子！"波纳米一听，就赶紧和杰克一起去看吉妮，吉妮一看来人了，就继续怒吼起来，还冲着他们扑了过去，幸亏有那个大笼子挡着它。

见此情景，波纳米就知道肯定是杰克把吉妮激怒了。于是，他让杰克回避一下，自己一个人走到了笼子边上，用略带责备但十分亲切的语气对吉妮说："吉妮呀，我们都把你当成朋友，你是多么幸福啊！但是你对大家那么野蛮，你不觉得羞愧吗？"

就这样，波纳米不停地说了十几分钟，最终，吉妮的情绪才慢慢平静下来。过了一会儿，它爬到了一个高台上，表情很吓人，而且始终盯着波纳米，仿佛在想："这个男人为什么和我见过的人不一样呢？他的声音听起来很温和呀！"

波纳米发现吉妮的情绪已经稳定了，就准备亲自动手把小笼子取出来，于是他将木棒伸了进去。见此情景，吉妮也试图向他扑了一两次，不过最终都没有真正扑过去。每当这时，波纳米就会停下来，温柔地和它说话。他想，尽管猴子理解不了人类的语言，却能够分辨善恶，他认为，只要他对吉妮好，吉妮肯定也会友好地对待他的。

考虑到吉妮一见杰克就生气，波纳米决定不让杰克照看它了，为了避免杰克因此感到难堪，他就借故说吉妮太难伺候，自己得亲自照顾它。

他们相处了7天后，吉妮的精神状态发生了非常大的改观，它的身上也发生了很大的变化。它不但恢复了体力，而且身上的伤痕消退了，皮毛也有了光泽，看上去好看多了。如果听到什么声响，它也不会再像以前那样胆怯和易怒了。

波纳米准备把吉妮移到一个更大的栅栏里，同时也为了让它能够早一点和游客见面。随即，他把一个小笼子放在了吉妮现在的笼子里，当吉妮出于好奇钻进去时，他立刻一拉绳子，吉妮就被关在里面了。虽然吉妮又大闹了一番，但是大家还是把它移到了新家里。

当时，一个搬运吉妮的人说："这只猴子肯定会成为动物园里最受欢迎的动物。不过，移到新居后，它一定会经常打架的。"

这时，大栅栏里已经有十几只猴子了，吉妮去了没多久就适应了那里的生活。这时候，它那调皮的本性便完全暴露出来了。它想培植自己的势力，为此，它总是和其他猴子打斗，而且，每

次都能占上风。那些猴子被它吓得躲的躲、逃的逃，最后，只能爬到栅栏的最高处"吱吱"乱叫。吉妮则一边在那些惊叫的猴子下面来来回回地走，一边怒视着外面的游客。

有一天，一个饲养员来给它喂食，可吉妮不但不领情，还显得非常愤怒。饲养员就不再理睬它，端着食物直接走到了栅栏里面，就在他背对着吉妮弯腰时，吉妮突然猛地向他扑过去，一口咬住了他的腿。饲养员大惊，使劲甩动着被咬住的腿，把吉妮踢到了一边，然后赶紧逃到了外面。从那以后，这个可怜的饲养员就坚信，吉妮是一只变态的猴子。

但是，波纳米不这么认为。他觉得，这是因为吉妮刚到一个新环境，然后被突然冒出来的饲养员吓到了。其实，从吉妮袭击饲养员的行为就可以看出，吉妮并不是一只胆小的猴子，相反，它非常勇敢。通常情况下，勇敢的猴子比胆小的猴子更好调教。他相信，自己一定能驯服吉妮。

不久，一件事证明了波纳米的判断。一天，波纳米很早就来到栅栏旁边看望吉妮。此时，一只小猴子跑到栅栏前，准备从旁边的笼子中偷香蕉吃。它一直都非常害怕吉妮，而吉妮就在它身后，睁大双眼牢牢地盯着它的一举一动。

就在小猴子把爪子伸进旁边的笼子里时，吉妮悄悄地转到了它的身后，正当小家伙拿着香蕉往后退时，吉妮立刻冲了上去，用两只爪子蒙住了它的脑袋。小猴子顿时吓得惊叫起来。这时，吉妮就悄悄地将两只爪子向高处抬了抬，小猴子迅速地溜掉了。

见此情景，波纳米心想："看来吉妮并不是胆小，也不是有心理缺陷或变态。用不了一个月，我就能彻底驯服它了。"

第二天，波纳米就开始了调教吉妮的工作。他所采用的方法大多是动物园里常用的方法，然后又结合自己多年的经验把一些新的内容加入其中。波纳米首先要做的就是消除吉妮的恐惧心理，获得它的信任，然后再谈其他。

波纳米刚到栅栏边上时，吉妮一发现他，就马上跳到了高处，然后冲着他怒吼。但是，无论它如何大叫，波纳米都一点儿也不怕，依然站在铁笼前，静静地看着它，并且亲切地和它交谈。慢慢地，吉妮觉得，这么费力地威胁波纳米非常没意思。于是，还不到七天，它就不再对着波纳米大吼大叫了。

从那以后，每当波纳米来给猴子们送食物时，无论从什么方向走过来，吉妮都会跑过去，用低沉而略带威胁的声音对着他喊。同时，它还爬到栅栏的顶端，一边在那里上蹿下跳，一边大吼大叫地拍打着自己的胸膛。在这个过程中，吉妮还会去骚扰其他猴子。不过，波纳米发现，吉妮不会再伤害它们了，最多就是吓唬吓唬它们而已。

训练期间，波纳米不允许其他打扫卫生的人进笼子，每个星期他都自己动手用长刷子清洗笼子。到了第二个星期，吉妮已经不像之前那么防备波纳米了。这时，波纳米准备尝试着进栅栏里接近它。于是，他把这个想法告诉了园长。园长不由得担心地说："这太危险了！要是它突然发疯，咬你的脖子，那可怎么办呢？"

可是波纳米依然坚持要到栅栏里去。

看到波纳米进来了，吉妮马上从高台上跳到地上，一边向他跑，一边吼叫着不停地拍打着自己的胸部。波纳米仿若无事，一边清扫垃圾，一边看着吉妮，和它轻声交谈。其实，吉妮也并不想攻击他，只是装装样子而已。

没过多久，波纳米就把笼子清扫完了。离开栅栏后，他去告诉园长："已经没事了。"但是，园长依然不放心地说："这个家伙的名声太差了，这次它没咬你，只是你的运气好。你还去的话，万一出了事儿，你可得自己承担责任，别怪我没有提醒你。"

波纳米肯定地说："不会的，您就放心吧！"

从那以后，波纳米挪出大量的时间，非常有耐心地和吉妮待在一起，而且还用亲切的话语不停地和它交谈。每次去看它时，他都会给它带好吃的食物。如此一来，他和吉妮已经相处得非常融洽了。

如果来的人是波纳米，吉妮就会控制住自己的暴脾气。慢慢地，吉妮也开始对波纳米产生了兴趣，它会认真地观察着他的一举一动。当吉妮终于明白，波纳米所做的一切都是在关心它时，它开始喜欢他了。

3. 手杖上的刀子

一天，波纳米开玩笑似的对吉妮说："现在我们是朋友了，记得你刚来的时候，还用木棍打我的脑袋呢，以后可别再这么干

了！"吉妮似乎听明白了他的话，走到他身边，温顺地让波纳米抚摸自己的脑袋。

如今，他们的感情一天比一天深厚了，吉妮非常听波纳米的话，每天都盼着波纳米的到来。但是，它只要一看到杰克，还是会立刻像以前一样变得急躁起来。有时，波纳米路过它的笼子时，如果忘了和它打招呼，它就会马上跑到笼子前，一边上蹿下跳，一边撒娇似的叫唤。如果波纳米转过头看它，再和它聊几句，它就会非常开心，这让波纳米感到特别欣慰。

如今，吉妮的性情变化很大，不再像过去那样莫名其妙地发怒了。它看起来十分活泼可爱，也更受游客的欢迎了。

在所有游客中，吉妮喜欢孩子和女人，讨厌男人。它不仅聪明可爱，还非常招人喜欢。它所在的这个动物园是个移动式动物园，因此，经常要去各地展出。每到一个地方，那里的学校都会组织学生前去观赏，而吉妮就是孩子们最爱看的动物。吉妮的吸引力实在是太大了，甚至超过了狮子、大象。因此，饲养科里的职员们也都喜欢起了吉妮，他们总是说："如果想让游客们高兴，那么，吉妮就是法宝。"

吉妮无时无刻不在留意着四周，把那些聚集在栅栏前的游人逗得哈哈大笑。吉妮从波纳米那儿学会了怎样用粉笔写字和画画，于是，它先是拿着粉笔在自己的两只后爪上涂，然后，又玩起了走钢丝。当它发现在脚上涂画能让游客们感到高兴时，它就又开始在自己的鼻尖上涂来涂去，于是游客就对它更加感兴趣了。这时，吉妮已经变成动物园里人缘最好的猴子了。

不过，吉妮最喜欢的人还是波纳米，因为他是发自内心地疼爱它。而每次去办公室的时候，他都会特意绕到吉妮那儿去看看它。

一天早上，波纳米到动物园的时间稍微晚了一点儿，他发现，有很多人围在吉妮的大铁笼前，并不时地传出一阵阵掌声。他心里明白，这肯定是吉妮在表演滑稽动作逗人们开心呢。

吉妮还学会了抓住栏杆倒立。它用两只前爪抓住栏杆，用两只后脚撑住身体，然后把身体吊在栏杆上，悠闲地摇晃。接着，它又从栏杆上一跃而起，用前爪抓住更高的位置，一遍遍地做之前的动作，它就这样不停地向上攀跳，很快就到达了栏杆的最顶部。然后，它又重新跳到栏杆下面。

就在吉妮表演的时候，一个女人不顾"严禁入内"的警告，从人群中穿过，直接去抓一只背对观众而坐的猴子的尾巴。不料，就在她刚将头伸过去时，吉妮很快就伸出了爪子，把她的帽子摘下来戴到了自己的头上。游客们见此情景，忍不住哈哈大笑。吉妮看到游客们那么开心，就更得意了，兴冲冲地在铁杆上玩耍着。

波纳米也非常开心，就笑着回到了办公室，准备过一会儿再去观看吉妮表演。

小孩子们不停地向吉妮扔花生米，而它的两个脸颊都已经塞得鼓鼓的了。可其他猴子却只有看的份儿，谁也不敢去抢，因为它们都特别怕吉妮。不一会儿，吉妮拿下头上的帽子，开始撕扯上面的花饰。帽子的主人气得大喊大叫，可旁边的人却不停地拍手叫好。他们觉得，这都是帽子的主人自找的。看到人们这么开心，吉妮就翻起了跟头。

然而，悲剧就在这一刻发生了。一个站在栅栏前的男人突然举起一根带刀的手杖，猛地刺向吉妮的腹部。吉妮发出一声惨叫，从高处掉了下来。别的小猴子见状惊恐万分，都尖叫着爬到了高台上。前面的游客看到吉妮受伤了，就一起向那个男人喊道："你在做什么？为什么要做这么卑鄙的事！"

"赶紧去叫饲养员，饲养员在哪里？"

"叫警察，先抓住那个坏蛋再说！"

"怎么了？发生什么事了？"

后面，不了解情况的游客开始拼命地向前挤。

吉妮拖着沉重的身体，忍着伤痛直接走到角落里，然后，用两只前爪压着伤口蹲了下去。波纳米听到外面乱糟糟的叫嚷声，知道出事了，立刻跑过去，询问到底发生了什么事。游客们便七嘴八舌地讲明了事情的经过。

听到心爱的吉妮被人刺伤了，波纳米的感觉真是太糟糕了。这时，一个小男孩冲了过来，愤怒地说："我看得一清二楚，一个男人用一根带刀的手杖刺伤了吉妮。"

而这时，那个男人早就不见了。

4. 亲人

吉妮还在那里蹲着,用两只前爪紧紧地将伤口按住,发出痛苦的呻吟声。杰克想检查它的伤势,但是吉妮一看到他,就变得暴躁起来,杰克根本无法靠前。

就在波纳米准备进入栅栏时,园长赶来了。他阻止道:"你现在不要进去,吉妮受了伤,或许会有危险!"波纳米不顾一切地说:"我会小心的。"然后,他就赶紧钻了进去,径直跑向了吉妮。

吉妮倒在角落里,不住地呻吟着。这时,它的眼睛里又和从前一样,露出了凶猛而愤怒的光。

波纳米慢慢地蹲下,轻声地安慰道:"吉妮,是我,我来看你了。不要害怕,我是来帮你的,让我检查一下你的伤口好吗?"听见波纳米温柔且饱含关怀的话语,吉妮也放松了些,还让波纳米替自己检查了伤口。

尽管伤口不大,但是非常深。波纳米又气又急,如果让他看到那个坏蛋,他一定会好好地教训他一顿!现在,他只能尽量照顾好吉妮。他先用消毒水洗掉伤口周围的瘀血,然后替它敷上药,包扎好。渐渐地,吉妮不再发出那么痛苦的呻吟声了,它已经慢慢平静了下来。

可是,当波纳米准备离开去做事时,吉妮却撒起娇来,它不想让波纳米离开，可是波纳米还有别的事要做，必须要回到办公室去。

第二天早上，吉妮的伤势没有一点儿好转——它居然撕下了药布。波纳米去看它时，只好替它重新包扎。他一边包扎一边责备它："吉妮，你可太不乖了！"于是，吉妮就乖乖地让他敷药，可是当他一离开，它就又把药布撕了下来。当然，它再次受到了批评。可当波纳米再次替它包扎好离开时，它依然会把药布撕下来。

波纳米每天都会去看它两次，可吉妮的伤势却一直不见好转，而且伤口还肿得非常厉害。波纳米觉得吉妮不会复原了，吉妮对此好像也非常清楚。在波纳米没有来的时候，它就静静地等着，不时地看向波纳米来的方向。当波纳米离开时，它就会紧紧地抱住他的腿，大吵大闹着不让他走。吉妮只喜欢波纳米一个人，别的饲养员想替波纳米照顾它，可这根本不行，它会咬他们。

波纳米还有很多事情要做，如果想照顾吉妮，就只能把它搬到自己的办公室里。于是，他把自己的想法告诉了园长，但是园长坚决不同意。他说："这种想法太理想化了，怎么能让一只猴子待在办公室里？我还是第一次听说呢！"可是波纳米怎么也听不进去，他知道吉妮已经没有多少时间了，只想多陪陪它。

于是，他把吉妮搬到了办公室里，给它披了一条毛毯，让它坐在椅子上。能够待在波纳米身边，吉妮非常满意，它总会扭过头去看他，有时还会高兴地叫几声。波纳米就伸手去摸它的头，让它小点声，于是它就不叫了。为了在吉妮活着的时候尽量多陪陪它，波纳米就把工作委托给了别人，连吃饭都在办公室里解决。

两三天后，吉妮已经危在旦夕了。无论波纳米怎么和它说话，它的眼睛都黯淡无光。于是，波纳米又在办公室里加了一个小吊床，让它能够躺在上面，如此一来，它就会舒服些。他还时不时地用手抚摩它的脑袋。

波纳米需要经常记账，为了不影响工作，他就一边用左手抚摩吉妮，一边用右手记账。

一天晚上，吉妮喝了一些汤后就睡着了，波纳米想走开一会儿，可他刚一转身，吉妮就又呻吟着看着他，他只好留下来陪它。到了九点钟时，吉妮的呻吟声已经小多了。波纳米尝试着和吉妮说话，但是它没有发出声音。

波纳米问道："吉妮，你想要什么吗？"

然而，吉妮只是紧紧地抓着他的手，全身不停地颤抖，没过多久，它就不动了。

吉妮就这样死了。

附近有一片土地是专门用来埋葬死去的动物的，波纳米把吉妮埋在了那里。他用一块木板给吉妮做了个墓碑，上面写着："吉妮——我的朋友，世界上最可爱的猴子之墓。"

当他无意间翻过木板，却看到木板的背面写着两个大字："危险！"——这块木板就是之前吉妮被从印度运来时钉在笼子外面的那一块。

勇敢的小狗比利

1. 小傻瓜比利

我有一个朋友叫杨基，他是一个职业猎人。有一年，我去他家做客，在他的家里看到了小狗比利。比利是一个既开朗又天真的小傻瓜，它非常顽强，即使是遇到了挫折，也毫不气馁，甚至还有些镇定自若。

它总是把杨基家的鸡追得"咕咕咕咕"地叫着满院子乱跑——它很有可能是把这些鸡当成了林子里的野鸡了。此外，它还把鸡追到了水里，就连自己都掉进了水里，结果弄得四条腿上全是泥。可它居然毫不在意地走到了主人面前。

主人生气地骂道："比利，你真是傻透了，快给我滚出去！"

比利只好来到了外面。它又走向了马棚，发现里面的高头大马后，它就会不停地狂吠。结果，马把它踢得滴溜溜地转了好几个圈。这时，你可能觉得它会老实一点儿了，然而它又向着牛走过去了。不一会儿，它就被牛用犄角顶了起来，疼得它一个劲儿"汪汪汪"地叫。

因为比利经常做这种不知深浅的傻事，所以，人们都叫它"小傻瓜比利"。

可是，比利根本不理会这些，它依然做着自己想做的事情。它是一个十足的乐天派，毫不在意挫折，并且转头就忘，继续兴致勃勃地做自己喜欢做的事。

它从来就没有难过的时候。

有一天，天气非常冷，我的手套找不到了。我到处找，却看见比利正用嘴叼着它。这是我最喜欢的手套，我顿时怒不可遏。比利却一脸天真地看着我，还厚脸皮地围着我转圈，那样子仿佛在说："这手套还真暖和！"这让我根本无法狠下心来痛骂它。

上面所说的事儿都是小事。不过有一天，比利真的闯了大祸，甚至差点为此送了命。

事情的经过是这样的：杨基家的院子里有一个制作腊肉的仓房，里面存放着许多腊肉。仓房的顶部有一个烟囱，上面盖着一块布。那块布会随风飘动，于是，比利被它吸引住了。它爬了上去，与这块布较起劲来。一用力，它就把布扯了下来。不料布上有火星，比利一抖，火借着风势越烧越大，居然把整个仓房点着了，里面的腊肉也都被烧光了，整个仓房被烧得只剩下灰烬。

杨基简直要气疯了，掏出枪来就想打死比利。他想，如果这次不把它解决掉，以后还不知道它会闯出怎样的大祸。但是，当他找到比利时，却发现它正躲在自己的女儿安的怀里。

安紧紧地抱着比利,央求爸爸说:"比利是我的小狗,谁都不能伤害它!爸爸也不可以!"

没办法,杨基只好放了比利一马,比利的小命这才得以保全。

比利做了这么多傻事,却从来没有因此而感到愧疚。虽然主人家里的每一个人都很疼爱它,但是,他们还是希望比利能够早点儿去掉傻里傻气的习气。作为一个职业猎人,杨基更希望比利能够早点儿派上用场,帮他去荒野打猎。

2. 新来的虎头犬

每一种猎狗的特点都是不同的,所以,它们的作用也不一样。有的猎狗嗅觉灵敏,因此,它能闻出猎物的踪迹,找出猎物的逃跑方向;有的猎狗奔跑速度非常快,因此,它能迅速地捕获奔跑的猎物;还有的猎狗撕咬能力非常强,这种凶猛无比的狗一旦把猎物逮住,就会将其咬死。

杨基家就拥有这三种狗。其中,卢凯就是鼻子非常灵敏的狗,它甚至能闻出很久以前的猎物的气味;而比格则是一只奔跑速度非常快的狗。这只狗无论何时都是开路先锋,杨基能根据它的叫声准确判断出猎物奔跑的位置。奥力德则是一只战功赫赫、无比凶猛的狗,它咬死了数不清的猎物。它掌握着打猎的火候,懂得何时应该进攻,何时应该撤退——它是所有猎狗的首领。但是,现在,它已经老了,跑得慢了,不过,它还是因为勇敢而稳居头领的位置。

杨基以前有过一只虎头犬。不过，这只狗在一场猎捕灰熊的战斗中被灰熊咬死了。虽然杨基当场就打死了那只灰熊，为虎头犬报了仇，但虎头犬的死成了杨基的遗憾，让他无比心痛。于是，他安葬好虎头犬以后，还把灰熊的骨头埋在了里面，让它给虎头犬陪葬。

很快，杨基又买了一只虎头犬。这是一只典型的战斗型虎头犬的后代，拥有纯正的血统。附近的猎人们非常羡慕，他们总是夸赞道："真好啊，真是太好了！"

这只虎头犬非常傲慢，不许任何狗靠近它，因此，其他狗对它总是敬而远之。只有小傻瓜比利一点儿都不在乎，它总是活蹦乱跳地跑来跑去。结果，当比利没心没肺地跑到虎头犬身边时，虎头犬却拦腰踹了它一脚，直接把它踹翻在地。小傻瓜比利为此疼得"汪汪"直叫，之后，它就灰溜溜地跑到了杨基的妻子那里。

其实，不光比利领教了虎头犬的厉害，别的狗也都非常害怕它。但是，虎头犬从未和老奥力德正面较量过。只有一次，它差点与奥力德打起来。那一次，奥力德正在啃骨头，虎头犬想分一杯羹，便大模大样地走了过去。老奥力德看到虎头犬过来，就低低地吼了一声，那是极具威严的一声，虎头犬深知奥力德不好对付，狠狠地瞪了它一眼，便走开了。

幸好战斗没有打响，否则，它俩肯定两败俱伤。

人人都知道虎头犬很厉害，为此杨基非常得意，经常对人说，

138 | 你好，野生动物朋友
Wild Animals I Have Known

勇敢的小狗比利

这是一只好狗，打猎时肯定能够建立奇功。

3. 那头熊回来了

很快，又到了打猎的季节。森林里的树叶都已经掉完了，山上一片白雪皑皑。就在这时，传出了"那头熊"又回来了的消息！

"那头熊"到底指的是哪头熊呢？

原来，它就是经常在农场周围出没、因为偷猎牛而名声大噪的熊。人们给这头熊取名叫贝尔。贝尔在这一带可谓前科累累，许多牛都是被它拍死的，为此，附近的农场遭受了巨大的损失。而贝尔非常狡猾，想把它抓住可不是一件容易的事儿。牧人们对它恨得牙痒痒，就想悬赏重金，找到可以除掉贝尔的人。

贝尔不但非常狡猾，而且特别强壮。它总喜欢在农场周围转悠，然后寻找机会猎杀牛或其他牲畜。对每位猎人来说，杀死贝尔都是他们的愿望——一方面能够获得巨额奖金，另一方面可以成为名人。赏金一直在上涨，数额是以前猎杀其他熊的几倍。令人遗憾的是，直到现在，也没有人取得成功。

杨基一直为他的虎头犬感到骄傲，这次，听说贝尔出现了，他就想去试试，给自己的爱犬们一个表现的机会。他对此非常有信心。很快，他就做好了准备，带着爱犬出发了。

这些猎狗由强到弱排成一列，从马头处开始数，依次是虎头犬、奥力德、卢凯、比格。比格紧挨着卢凯，每次去狩猎时，它们都形影不离，我猜，它们可能是情侣。在卢凯和比格的后面，就是驮着铁圈套的马，再往后就是骑马的人，我和厨师也在其中。

就在我们排成一队向前走时，突然听到一阵"汪汪"声，不用说，肯定是比利。这个小傻瓜也混到了捕猎的队伍里。

杨基一看到比利就大声喊道："你来干什么？简直是胡闹，快点回去！"看到主人这样训斥自己，比利不免有些沮丧，但是转眼之间，它就把这点不愉快抛到了脑后，开始和大家嬉闹起来。它多半在想："没关系，如果我硬赖在他们后面不走，主人就肯定会带上我的。"

带着这个念头，它一直跟在大部队的后面，跌跌撞撞地往前走。它还时不时地跑到杨基的马前面，似乎是要给大家带路，根本不担心会被主人训斥。当它看见路边奔跑着的野兔或松鼠时，就会去追赶一番，一边追，一边还虚张声势地发出"汪汪"的叫声，似乎是在告诉大家："那是猎物，猎物！"杨基看到它蹦蹦跳跳玩得非常开心，又没有对大家造成影响，也就没有把它赶走。大部队接着向贝尔出没的农场挺进。

刚到农场，我们就看到一头死牛躺在那里——这就是贝尔的杰作了，不过，贝尔还没来得及吃。估计它可能是想多弄死几头，然后再慢慢享用。我们下了马，杨基把带来的圈套埋进土里，如果贝尔来了，他们就能捕获它。

我们接着往前走，很快就又看到一头被咬死的牛横躺在地上，看起来，它已经死了一个星期了。贝尔为什么不把到手的猎物吃掉呢？它想何时回来吃这些已经变硬的死牛呢？一个星期？两个星期？谁也不知道，但肯定不是现在。于是，杨基又把圈套埋在这头死牛的附近，等着贝尔前来。

埋好圈套后，我们就来到旁边的一个小房子里休息。牧场主一家为我们准备了丰盛的饭菜。看到我们全副武装，还带着优秀的猎狗，牧场主一家似乎看到了希望。

这时，比利又惹祸了。它走到一个装牛奶的大缸边上，想要往里看。就在这时，它脚下一个不稳，竟然掉到了缸里。当它被捞出来时，浑身沾满了牛奶，牛奶顺着它的毛往下滴。它一个劲儿地咳嗽，险些被淹死。而那只虎头犬也不安分，它看牧场主家的牧羊犬不顺眼，就直接冲过去把牧羊犬撕碎了。

这两只狗给人留下的印象真是太深刻了。

事实证明，它们在之后的猎熊过程中也表现得非常出色。

4. 大战灰熊

因为不能确定贝尔何时会来，我们就得时不时地去死牛那里查看一番。我们在第三次巡视的时候发现了新情况——第一头牛和它旁边的圈套都没发生任何变化，但第二头牛周围的圈套不见了，附近的地面好像也被翻过，还依稀可见熊的脚印。

杨基一看，立刻惊叫起来："看啊，我们套住那个家伙了！"

我们上前仔细一看，熊确实是被套住了，圈套上还留着锁链和一小段圆木等东西。由此可见，尽管熊跑了，但是它脚上夹着的圈套上的圆木很有可能会被挂在岩石或树上，这会让它难以动弹。我们向四周望了望，没看到熊的影子。但能够确定的是，这只熊尚未走远。猎狗们闻了闻地上的脚印，狂叫着向前冲去。

地上的脚印非常大，有34厘米长，可以看出，那只熊一定是贝尔。杨基骑着马跟在猎狗们的后面，并且不时地命令它们："追！追上去！不要让它跑了！"

小傻瓜比利也急忙跑了过去，它可不会错过这种热闹。它太兴奋了，一路上不住地"汪汪"叫着。

我和其他人则跟在后面。猎狗们跑得太快了，一眨眼就消失了。我们听着它们由远处传来的叫声，也迅速地赶了过去。

那叫声越来越激烈，可能发现贝尔了，不然它们不会叫得这么厉害。这时，我们立刻翻身下马，把马拴在树上，然后掏出枪，走向狗叫的方向。每个人内心都非常好奇，那圈套是怎么套住贝尔的？我又开始胡思乱想了，如果是套到了它的整条腿还好说，我们不用费什么力气就能把它打死，可如果只套住了它的脚趾，那么我们就非常危险了。或许，我们当中的某个人还会因此丧生。

我越想越害怕，这时，一个猎人提醒我说："注意脚下！这一带枯树非常多，一不小心就会踩空。"我不敢再胡思乱想，专心地看着脚下，小心翼翼地跨过倒在地面上的树，慢慢地向前走着。

突然，我们发现，有一大片灌木丛在不停地晃动，然后一头身材高大的灰熊从灌木丛里跳了出来。它尚未发现我们，而是脚上拖着沉重的圈套在和那些猎狗搏斗。虽然圈套夹住了它的脚，但这并不会影响它挥动自己的前肢，当它扑向猎狗们时，猎狗们一转眼就四下逃窜了。

就在这时，杨基提醒道："我们要小心行事，万一它发现我们，我们就会成为它攻击的目标，要知道，它的速度是我们的5倍，我们根本跑不了。"

没过多久，熊脚上的那个圈套上的铁链就被树缠上了，它只能在铁链长度允许的范围内奋力抗争。这时，猎狗们呼的一下围住了它，一场恶战立刻就要上演，猎狗中的勇猛者和软弱者马上就能分辨出来——勇猛的猎狗会直接扑向敌人，与之搏斗；胆小的猎狗只会在一边不停地叫着，却根本不敢上前。

只见老奥力德疯狂地怒吼着，好像是在给猎狗们做阵前动员，鼓励它们努力向上冲，它自己也时刻准备冲上前去。不过，它还是给自己留了一手，倘若大熊向它出击，那么，它就会及时躲开，而不是一味蛮干。很明显，老奥力德不仅具有丰富的作战经验，头脑还非常聪明。它总是从熊的背后出击，如果熊稍不留意，它就会立刻扑上去，将对方咬上一口，然后再飞快地转移阵地。

虎头犬也没有出击，它一边低吼着观察作战情况，一边来回跑动着，它在寻找最佳的进攻时机。它也非常聪明，想给敌人致命的一击，而不太愿意浪费掉多余的力气。

而比利则到处乱跑着大呼小叫，似乎忙得很。有时，它甚至

会跑到大熊的脖子底下，每次都几乎要没命，结果却总是安全地逃了出来。它可真是傻到了极点，也难怪人们会叫它"小傻瓜比利"。它就这样不停地蹦跳着，但也有所收获——它咬下来不少熊毛。所以，它觉得十分得意，兴奋地"汪汪"叫着，时刻准备接近大熊。别的狗也在围着大熊转圈，准备伺机而动。

老奥力德不断地围着灰熊兜圈子，虎头犬则跟在它的后面。杨基看到了非常高兴，他认为虎头犬是在与老奥力德联合对敌，如果奥力德趁机冲上去，那么，虎头犬肯定会助其一臂之力。这是虎头犬最机灵的地方，杨基对此非常得意。

我们在后面看不清战斗的场面，于是，我准备往前靠近一点儿，于是，我就向前挪了一下。

这时杨基喊道：

"不要过去！赶紧回来！"

熊听到了这喊声，立刻甩开那些猎狗，直奔杨基的方向而来。这时，杨基正躲在一棵倒下的大树后面，看到熊向自己冲了过来，他马上起身，掏出手枪向大熊的脑袋开枪。然而，就在他准备扣动扳机时，脚下的树木突然松动了——原来那是一根朽木，早已被雨水浸透腐蚀，根本就不能承受任何重量了。

就这样，杨基倒了下去，树木卡住了他的双腿，让他无法动弹。

5. 勇敢的比利

别的猎人看到了，全都举起了枪，准备向熊射击。但是，他们没法动手——熊与杨基离得太近，这个时候射击就有可能会伤到杨基。大熊看到杨基倒下，胆子就更大了，恶狠狠地冲着杨基奔去。

猎狗们当然不甘心，迅速地从后面扑向大熊。有的咬大熊的腿，有的干脆直接咬大熊的侧腰，它们知道，若是这时不向上冲，那么主人一定会在此丧生。可是，它们从后面进攻根本不能把大熊怎么样，大熊左右摇摆着，就如同甩掉身上的跳蚤一样，把扑上来的猎狗都甩开了。

大熊直勾勾地盯着杨基，拖着沉重的锁链和圆木一路奔来，并且用锁链弄倒了所有挡在前面的小树。如果想把处于危机中的杨基解救出来，唯一的办法就是从正面进攻大熊，咬断它的脖子。但是，这是一个非常危险的办法。要是猎狗们咬住大熊的脖子，也就等于把自己送到了大熊的熊掌里，那么，它们就会在那只力大无穷的爪子下被撕碎。这一点，所有猎狗都心知肚明。

但是，老奥力德救主心切，敢于置自己的安危于不顾，挺身而出。只见它一个健步向着大熊的脖子猛扑过去。可是，还没等老奥力德靠近，大熊就挥动着那有力的前掌把它甩出了很远，随着"啪"的一声，老奥力德摔倒在地。不过，老奥力德没有退缩，它快速地从地上爬起来，再一次猛扑上去。

就在这时，令人感到意外的事情发生了。虎头犬居然向受了伤的老奥力德发起了攻击。可能是它一直对老奥力德怀恨在心吧，因此想趁此机会报仇，也可能是它准备在其他猎狗中立威吧，谁也不知道到底是什么原因。

这时，主人危在旦夕，它却选择先报复别的猎狗，这的确让人十分吃惊，但谁也没料到会发生这种事。

大熊见障碍已经被清除，就直奔杨基而去。就在这千钧一发之际，一只小白狗如离弦之箭一样，冲着大熊的头部而去，死死地咬住了大熊的眼眶——这时它没工夫去咬大熊的喉咙。遭此突袭，大熊不禁一愣，它没想到会发生这样的事情。于是，它用力地摇晃着脑袋站了起来。

直到这时，我们才看清楚，那只小白狗居然是"小傻瓜比利"！

大熊死死地抓住比利，然后拼命地想把咬住自己眼睛的比利拽下来，但比利死死地咬住它的眼睛不放。结果，大熊一用劲，就把比利和自己的皮肉一起抓了下来，然后抛到了很远的地方。这时，所有猎人一齐向大熊开枪，大熊应声倒地。

一场恶战结束了，别的狗也都退了下来。这时，虎头犬却转身扑向死熊，死死地咬住它的屁股。比利摇着尾巴扑向杨基，身上鲜血直流。

杨基无比心痛，摸着它的头，不住地说："比利，居然是你！是你救了我的命啊！"

然后,他怒视着虎头犬,厉声喝道:"过来!你这个浑蛋!"说着,他解下腰上的皮带,穿到虎头犬脖子上的项圈上,把它带到了一旁。

我把脸扭向一边,只听"砰"的一声,虎头犬被杨基处决了。

在回家的路上,杨基把浑身是血的比利放到了马鞍上。这回,欢快的比利与主人一同回家了。

从那以后,人们都把它称为"勇敢的小比利"。

至于"小傻瓜比利"这个名字,再也没人叫了。

故事

少年与山猫的

1. 快乐的森林生活

索伯恩是一个刚满 15 岁的少年，也是一个运动爱好者。最近，他对于射击这项爱好极度沉迷，甚至可以说达到了热情澎湃的程度。

前段时间，索伯恩生了一场大病。病好后，医生建议他去乡村住一段时间，以利于更好地恢复身体。他的父母也觉得，从他的健康角度考虑，回到大自然中生活可能会更好。于是，索伯恩就受邀来到森林里，住进了一个山中小屋。

小屋的主人是爱尔兰籍加拿大人科尼，也是索伯恩的一个亲戚。他是一个个子很高、年轻直率、风华正茂的年轻人。他和自己的两个妹妹同住，她们分别是玛格和露露。姐姐玛格性格沉稳、懂事；妹妹露露活泼开朗、淘气。他们的父母就住在距离这里大约 40 千米的镇上。

原来他们一家人是生活在一起的，不过，科尼非常喜欢森林，向往过那种原始而自由的生活，于是他就搬到了这里。两个妹妹见哥哥住进了森林里，她们也想去。后来，经父母同意后，她们俩也来到这里生活。她们成了哥哥的助手，可以做些自己力所能及的事儿。

这个小木屋是科尼自己砍伐树木后亲自搭建而成的，这里没有铺地板，用草皮盖的屋顶上面还长满了茂盛的青草和各种杂草。小屋的前面有两条路，其中一条路比较崎岖，是通向城市的；另一条路则通向波光粼粼的湖水。他们每天都做着一样的事情，过着看起来极为单调的生活。

每天天一亮，科尼就会起床。他要先把屋子弄暖和，再叫妹妹们起床。妹妹们负责准备早餐，他则去喂马。等他们吃完早餐，一般还不到6点。然后，科尼就去田里干活了。

当玛格看到枯树的影子在泉水上出现时，她就知道，该做午饭了，于是就去打水做饭。做好饭后，露露会在房子的最高处插一个顶端绑着白色布条的棍子，布条迎风摇摆。正在田里干活儿的科尼看到了，就知道该回家吃午饭了。

索伯恩每天的生活也十分简单，就是去森林、湖畔逛逛，有时也会去爬爬山。一到晚上，他就会回到屋里和大家一起吃饭。每天的饭菜也非常简单，几乎就是猪肉、面包、土豆，有时会吃鸡蛋。而这鸡蛋是他们养的鸡下的，如果当晚有鸡蛋吃，那就表示当天鸡下蛋了。

有时也可以吃到一些少见的野味，这可是不可多得的美味——三兄妹中，只有科尼会打猎，但是，他要干的活儿太多了，根本没有太多的时间去打猎。

一天，索伯恩拿着枪，悄悄地走向树上的鸽群。他在树下等了一会儿，见鸽群压根儿没有飞走的意思，于是就向它们瞄准，开了枪。伴随着两声枪响，鸽子掉了下来。就在索伯恩准备过去把鸽子捡起来时，突然从树丛里走出来一个年轻人，他抢在索伯恩之前把鸽子捡走了。

这个人居然是科尼，于是索伯恩大喊："喂，科尼，不要动它，那是我打下来的！"

科尼道："是吗？你说这鸽子是你的？"

他们把鸽子拿在手上，仔细一看，原来鸽子身上中了两颗子弹，是同时被他俩打中的。

两人不禁相视而笑。

2. 奇怪的"雷鸟"

一天早上，森林里来了一只山猫。它随意地在森林里走着，突然发现了一棵横卧着的大树。这是森林里最大的一棵树，已经有许多年的树龄了，而树干早就被虫子蛀出了一个大洞。山猫看中了这棵大树，就钻进去缩成一团。它太想找到一个合适的栖身之所了——它已经怀孕了，要为自己的孩子寻找一个满意的家。

虽然找到了栖身之所，但这只山猫连续几天找不到食物。以前，这个季节正是它大量捕食野兔的时候。但是，去年秋天的一种传染病让这里的野兔几乎死光了。所以，这里已经没有可供山猫捕食的野兔了。

此外，去年刚入冬时又下了一场大雪，冻死了许多雷鸟，山猫也就不能捕食雷鸟了。春天，大雨滂沱之下，刚出生的小雷鸟们很快就被淹死了。这样一来，山猫连雏鸟也无法捉到了。而河里和池塘里的水也因为雨水太多而不断上涨，就连青蛙和鱼也非常少见了。

大部分山猫因为经常吃不饱而瘦弱不堪，这只即将产仔的山猫也因为吃不饱，肚子里的宝宝眼看就要胎死腹中了。幸亏，过了几天，小山猫出生了。因为母山猫需要照顾孩子，没有时间去

觅食，加上小猫要吃奶，因此，原本就饥饿难耐的母山猫变得更加瘦弱了。

有一天，山猫总算捕到了一只松鼠，这只松鼠非常倒霉，它原本以为自己找到了一个好树洞，可进去之后才明白，那是一个圈套。但是，对于饥饿的山猫而言，这只松鼠实在是太小了，根本吃不饱。有时，山猫也会捉一条黑蛇来吃，不过，黑蛇身上有一种非常难闻的气味。小山猫们一直在向妈妈嚎叫："我饿了，妈妈，我好饿啊！"可母山猫因为吃不到食物，已经一点儿奶水都没有了。小山猫们吃不到奶水，自然会一直嚎叫。

于是，母山猫只好去森林里寻找食物。在这里，它遇上了一头黑色的豪猪。豪猪身上长满了如同一排排倒立的针一样的刺。母山猫想把它捉住——它已经不管对方的大小了，首先是要吃到食物。

于是，它偷偷地接近了豪猪，扑向了豪猪的鼻尖的部位。不料，豪猪一下子转过头，用它那满是硬针的尾巴用力地抽了母山猫一下。母山猫疼得一下子跳了起来。其实，母山猫在几年前就曾经被豪猪扎过，从那以后，它就不再打豪猪的主意了。但如今，它实在是饿极了，因此才打算试试，不料又重蹈覆辙了。

后来，母山猫用了整整一天，才捉到了一只瘦得可怜的青蛙。

第三天，母山猫又出发了，它想去更远的地方碰碰运气。就在母山猫到处转的时候，突然听见了一阵"咕咕咕咕"的奇怪的声音。这声音是母山猫以前从未听过的，于是，它逆着风小心翼翼地循着声音走了过去。这时,母山猫隐约闻到了空气中有一种新鲜的气息,那是它以前从未闻过的,它忍不住向前迈动步子。

很快,它就来到了一块空地上,这是树木被砍伐之后空出来的。此时,它看着眼前的两个大窝,大吃一惊。什么动物会住在这么大的窝里呢?这两个大窝的样子,就像麝香鼠或是河狸的窝,但它们的窝又没这么大!再说,它们的窝通常是建在沼泽附近的,可这两个用原木建成的粗大的窝却是建在干燥的高地上的。

母山猫觉得非常奇怪:"这到底是什么动物的窝呢?"此外,这里还有许多鸟在附近闲逛,开始的时候,母山猫觉得这些鸟就是"雷鸟"。刚才那一阵奇怪的声音就是它们发出来的。这时,它们正三五成群地在草地上找虫子吃。它们的叫声似乎和母山猫所熟悉的雷鸟的叫声又不完全相同,而且,它们的身体也比雷鸟大,羽毛的颜色也完全不同,有黄色的、白色的、杂色的,非常鲜艳。可能,它们并不是雷鸟,不过可以肯定的是,它们也是一种鸟类。

其实,母山猫不知道,眼前这两个奇怪的大窝和被它误认为雷鸟的动物,是人类居住的木屋和鸡群。因此,它错认为自己碰到了美食,忍不住舔了下牙齿。偷着乐的同时,它暗暗下定决心:"我必须要捉到它们,回去让我的孩子们吃个够!"于是,它就在草丛的阴影的掩护下,一点点地向那些"鸟类"靠近。

此时,这些"雷鸟"们正在啄食,其中最大的那只不时地发出"喔喔喔"的叫声。听到它的鸣叫,别的"雷鸟"都把脖子伸得长长的向四周张望。于是,山猫就如同石头一般蹲在那里,一动不动。其实,它已经到了能够扑到"雷鸟"的地方,并且将目标锁定在了一只白"鸟"身上。

忽然,一只红色的"鸟"高声鸣叫起来,母山猫以为自己被发现了,不禁大吃一惊,立刻将身体紧紧地贴在地面上。结果,它发现,白"鸟"依旧在原地徘徊,于是,就像弹簧一样跳了起来,直奔白"鸟"而去,然后按住它,快速地把它叼进了森林中。

母山猫的速度快得惊人,在那只遭到袭击的白"鸟"和别的"鸟"们尚未意识到发生了什么时,它已经紧紧地叼着那只白"鸟"迅速地跑向了森林中。白"鸟"开始还在拍打着翅膀挣扎,但没过多久就死了,身子瘫软下来。

过了一会儿,山猫听见了脚步声,那脚步声非常沉重,似乎是一个大型动物。于是,它就跳到了一棵树上,生怕猎物挡住了它的视线,于是,它就把猎物放在树上,用一只前脚摁着,望向传来声音的那边。

很快,某种动物拨开树丛走了出来——那是一个人类的少年。母山猫发出"呜——"的一声大叫,它非常讨厌这种两条腿的动物——很久以前,它曾经在这种动物的身上吃过亏。他们彼此凝视着,过了一会儿,母山猫大叫几声,接着衔起白"鸟"跳下树来,径直跑进了茂密的树丛中。

它一直跑了大约3千米。一回到家,它就"扑噜噜噜噜、扑噜噜噜噜"地呼唤孩子们。那些小山猫们马上像球一样滚动着跑了出来。

这是母山猫生产以来第一次捕到像样的猎物,这也是小山猫们在出生后吃到的第一顿美味。

3. 那是不是熊?

索伯恩是在城镇长大的,刚来到小屋时,他觉得非常害怕。过了一段时间,他慢慢适应了这里的生活,而且敢去森林深处了。他不太喜欢猎杀动物,但是,他喜欢研究动物,即使如此,他还是带着枪。小屋周围很少有大型动物,要说可以捕食的动物,大部分是土拨鼠之类的。

一天早上,科尼从墙上取下来福枪,自言自语地说:"很久没吃肉了,我们得开开荤了!"在与小屋相距两三百米的树上住着一只松鼠。那里是松鼠的一个临时住所。天气不错的时候,它就会出来在树枝上晒太阳。不过它一直留意着周围,只要稍有危险,它就会立刻逃到别的地方去。

那天天气非常好,很适合晒太阳。科尼在枪里装上了子弹,然后到处看了看,在距离松鼠120米远的地方,将枪口对准了它的头。

随着一声枪响,松鼠应声滚落在地。听到枪声响起时,索伯恩正在屋外散步,他立刻把猎物捡了回来,高兴地对科尼喊道:"嗬,科尼,你正好打穿了它的头!"科尼微微一笑,谦虚地说:

"没什么，只是运气好而已。"

如果想在森林中生活下去，就只能靠自己弄肉吃。松鼠的肉又嫩又香，大家吃得特别开心。他们边吃边兴高采烈地说着一些有意思的事。科尼非常开心，他不仅吃到了肉，还得到了一张可用的毛皮。

科尼会制作皮革。他首先把皮浸泡在煮沸的热水中，让上面的毛自行脱落；接着，再用肥皂水泡两三天，取出以后放在太阳底下暴晒，直到完全干透为止。经过这一系列的处理，生皮就能变成有用的皮革了。

索伯恩对森林里的动物越来越感兴趣了。他经常会去非常远的地方，虽然没有发生任何让人惊奇的事，但是他觉得特别充实。

一天，索伯恩翻过一座山脊，来到了森林里。在此之前，他从未来过这里。他发现，在一块空地上，横卧着一棵大树。在距离空地大约一千米的地方有一个湖，他就朝湖走了过去。走了20分钟后，他猛地停下了脚步。他发现，树上蹲着一只黑色的野兽，他不由得吓了一跳，想："那是不是熊？我终于看到了。这个夏天我还从未见过一只凶猛的野兽呢，考验我的机会到了！"

每当索伯恩走进森林，他就总希望能够遇到熊。今天，他终于如愿以偿了。于是，他一边在枪里装上打猎用的子弹，一边观察着树上的动物，他发现，那个动物的体型不算太大，大概是一只小熊。这时，他突然有点害怕了，要是小熊的话，那么，熊妈妈肯定就在周围。如果母熊看到自己袭击小熊的话，一定会向自己发动攻击的。

他心惊胆战地环顾周围，但是，并没有看到母熊的踪影。他又端着枪等了一会儿，直到确信周围没有别的动物后，才端起枪瞄准树上的小熊开了一枪。伴着一声枪响，小熊应声掉在了地上。索伯恩马上跑过去一看，发现那根本不是小熊，而是一只大豪猪。

"唉，为什么是只豪猪呢？"看着可怜的豪猪，索伯恩有些后悔自己的粗心，如果当初知道它是一只豪猪，他就不会开枪了。

他认真地查看了一下豪猪的伤口，发现它的脸上有几处伤，这是它与敌人交战时留下的。就在他起身准备离开的时候，发现自己的裤脚上染上了一大片血迹，原来，豪猪身上像针一样尖硬的毛刺伤了他的左手。于是，他丢下豪猪一个人走了。

回到家里，他给科尼兄妹讲了这件事。露露听后，有些遗憾地说："哎呀，你怎么把它放了呢？如果剥下它的皮，翻过来就能用了！那样的话，到了冬天我就有斗篷穿了！"这时，索伯恩把受伤的手举给露露看，然后说："我可不想冒险了，我还没把它怎么样呢，就被它的毛刺伤了。"

4. 可怜的小鹿

雨接连下了几天，索伯恩一直闲在小木屋中。雨过天晴后，他的心情非常好，于是又想去森林里逛逛。他这次准备采摘之前发现的一些珍奇的植物，于是就没有带枪。他知道，那些植物到处都是。

他一边走一边吹着口哨。当他拨开一束灌木丛时，他忽然看到树干上有一只母山猫正目光炯炯地瞪着他。它的站姿非常奇怪，那是因为一只白"鸟"正被它踩在脚下。索伯恩一看这姿势，不由得吓了一跳。定睛一看，那可不是什么白"鸟"，而是科尼养的鸡！

　　母山猫早就看见他了。他真后悔自己没把枪带出来，不然，一定会立刻打死这个偷鸡贼。索伯恩恨得牙痒痒，而就在他苦思良策时，母山猫已经叼着猎物从树干上跳了下来，消失在了茂密的灌木丛里。

　　这年夏天，雨水很足，因此，地面吸收了大量的水分，踩上去松松软软的，轻轻一踩就能留下清晰的脚印，因此，正是打猎的好时节。若是干硬的土地，那么，即使是那些经验丰富的老猎手都很难分辨动物的脚印；现在，地面上动物的足迹都非常清晰，就连索伯恩这个门外汉都能轻松地找到野兽的脚印。

　　一天，索伯恩在森林里找到了两排看上去像是猪留下的脚印，于是，他沿着脚印来到了一个宽阔的山谷。这时，他看到两只白色的动物正在不停地奔跑。原来，那是大个子的鹿妈妈带着不足一岁的小鹿在奔跑。它们奔跑时，竖起的白色尾巴非常惹人注目。这时，索伯恩才明白，自己所追的居然是两头鹿。

　　这两头鹿是一对母子，它们也看到了他，于是就停下来紧紧地盯着他。索伯恩一时之间不知道该怎么办，只好同样呆呆地盯着它们。突然之间，母鹿迅速地转换了方向，白色的尾巴依然竖着，动作轻捷地跳着，小鹿紧跟着妈妈，一跳也非常高。它们越过一处较高的树丛后，很快就不见了。后来的几天里，索伯恩连续好几次看到了这两对脚印，却始终没有发现它们的踪影。

过了一段时间，索伯恩在森林中再次与这位鹿妈妈相遇，却没发现之前的小鹿。母鹿看起来神情不安，一直在四周嗅着，好像在寻找什么。

这时索伯恩想起了科尼教给他的窍门。于是他弯腰捡起一片树叶，把它夹在两个大拇指中间，然后吹出了一阵短促的叫声，那叫声非常像小鹿找妈妈的声音。母鹿一听，就蹦蹦跳跳地跑向了索伯恩，他马上抓起枪。突然，母鹿停住了，它似乎明白自己上当了，于是就吸着鼻子，满脸狐疑地看着索伯恩，双眼里满含着悲伤。看着这双眼睛，索伯恩无法扣动扳机，就在他犹豫不决时，母鹿赶紧逃跑了。索伯恩自言自语道："太可怜了，看来是小鹿不见了！"

他接着往森林深处走去。过了半小时，他就到了倒着一棵大枯树的那片空地上。枯树旁有一只小山猫，它的尾巴非常短，就像被切去了一截一样。他把枪对准了小山猫，但是小山猫毫不躲避，只是仰着头，歪着脑袋，看着他，一脸纯真。很快，又有一只小山猫不知从哪里跑了出来，它来到刚才那只小山猫跟前，它们互相抓着尾巴不放，愉快地嬉戏起来。

索伯恩看着它们嬉闹，突然想起了科尼家那只被偷吃的小白鸡。于是，他又举起了枪。就在他准备扣动扳机时，突然从耳边传来了一声凶狠的吼叫声！索伯恩吓了一跳，顺着声音看去，发现母山猫正在不远处虎视眈眈地看着他呢。

很明显,这时他已经不能开枪打那两只小山猫了,否则就太愚蠢了。母山猫不停地怒吼着,索伯恩非常紧张,就在他要把猎鹿用的子弹装进枪膛时,却不小心把里面的几颗大型子弹给弄掉了。

这时,母山猫从灌木丛中叼出了一个大家伙!索伯恩仔细一看,居然是一只长着花斑点的小鹿!尸体看起来还非常柔软,或许是刚被咬死没多长时间。索伯恩正要上前,母山猫就叼起猎物消失在了灌木丛中,而那两只小山猫也跟着跑了。

从那以后,直到生死搏斗的那一刻,索伯恩再也没见过母山猫。

5. 疟疾

一转眼,索伯恩已经在小木屋中住了半年了,每天过着宁静而快乐的日子。但是,一天早上,一向健康、开朗的科尼看起来很没精神。索伯恩和科尼住在同一间大屋子里,所以,当他醒来看到科尼这个样子,便担心地问:"你怎么了?昨晚你在梦里一直呻吟,没事吧?"

科尼回答道:"没事,就是感觉身体有些不舒服。"说完,他就起床去喂马了。而当露露和玛格起来准备早餐时,科尼又到床上躺下了。

过了好半天,他才又起来,吃过早饭后就去田里干活儿了。但是,当天他从田里回来的时间比平常早得多,而且,他的身体不停地发抖。妹妹非常担心,就问:"科尼,你怎么了?是不是在田里遇见了什么？"科尼说："我就是觉得非常冷！"

这时是夏天，天气炎热，科尼却一直在喊冷，看来他生病了。玛格把好几床厚厚的毯子都盖在了他的身上。过了一会儿，科尼开始发烧，不一会儿就烧得神志不清了。这时大家才明白，他得了疟疾！这是在森林中生活的人常得的一种病。

玛格马上出去采了一围裙兜草药回来，然后熬成汤让科尼喝了进去。虽然大家都很精心地照顾他，可是，他的病情却越来越严重。在接下来的十几天中，科尼的病情反复发作，他被折磨得瘦了很多，就像换了一个人似的，根本没有力气工作了。

尽管科尼患的疟疾不太严重，但是时好时坏。一天，科尼趁自己精神好一点，就对大家说："这病发作起来太难受，我有点撑不住了，我准备回到父母身边去，不然，可能会越来越糟。妈妈也许只要七天就能把我治好。如果今天走，我还能赶得动马车，如果半路撑不住的话，我就躺在车上，这样马也可以把我带回家。"于是，姐妹俩和索伯恩就准备好了马车，然后把科尼扶了上去。

"那我就走了，如果在我回来之前没有食物了，你们就划船去湖对面的埃拉顿家拿！"科尼脸色苍白地说道，然后，他就驾着马车沿着崎岖不平的路晃晃悠悠地远去了。送走科尼后，他们三个人心里都非常失落，尤其是没了马车非常不方便，无论去哪里都只能步行了。

科尼走后没多久，他们三个人也都得了疟疾，相继病倒了。他们的病情比科尼的还要严重。起初，科尼还有精神好转的时候，但他们三个人一直处于昏昏沉沉的状态，整天没有一点儿精神。小屋里失去了往日的欢声笑语，变得死气沉沉的。

　　整整一周的时间，玛格一直卧床不起，露露则要稍好一些，能够在屋里走动，不过也坚持不了多久就倒下了。平时露露的脸上总是挂着笑容，是大家的开心果，但现在根本没有力气讲笑话了。索伯恩的情况略好，虽然也是病恹恹的，但是勉强还能给她们做顿饭。他们一天只吃一顿饭，不过，这也是一件好事——他们的食物已经没有多少了，这样一来，他们可以多吃几天。

　　看来，科尼在短时间内是回不来了。现在，就只有索伯恩能做事了。

　　有一天，出了一件大事。当索伯恩拖着病体去取腊肉（这是他们的宝贝）时，发现腊肉居然全没有了！索伯恩待在原地，他想，肯定是那些野生动物偷走的！看来，真是不应该把腊肉放在屋外，如今，他们的食物只剩下面粉和红茶了。没有了食物，他们的体力过不了多久就会被耗尽，想到这里，索伯恩内心满溢着无比的绝望和恐惧。

　　以后该吃什么呢？不一会儿，索伯恩就想到了一个办法——把正在屋外闲逛的鸡杀掉一些。若不是身体的缘故，他更想猎杀大雁或鹿，但是，他现在病得连鸡都抓不住了。于是，他就取下猎枪把鸡打死了。

　　他拔掉鸡毛，然后将它整个儿扔进锅里煮。已经很久没有喝过这样鲜美的鸡汤了，他们三个人居然将这只鸡整整吃了三天。

这么少的东西居然吃了三天,可见他们病得有多么严重——因为他们每天只能吃一点点。

当他们快要吃完这只鸡的时候,索伯恩又一次拿起了枪。这时的他非常虚弱,枪就显得特别沉重,他挣扎着爬到了谷仓,有几次晃晃悠悠地失了手,这才打到鸡。让他感到惊讶的是,不算他们这几天猎杀的鸡,母鸡的数量居然在慢慢变少,现在只有三四只了。过了三天,他再去看时,就只剩一只鸡了。为了打到这只鸡,他用完了最后一颗子弹。

之后,恐惧充满了他们的生活。他们仍然被病痛折磨着。每天,一到下午,他们三个人就冷得要命,身体不停地颤抖,就连牙齿都一直在发出"咯吱咯吱"的响声,不管怎样烧火,都无法驱走寒气。而一到夜里,他们就开始发热,浑身就像被火烧一般,不得不"咕咚咕咚"地不停地喝水。就这样他们一直发热,到了凌晨三四点时,热度才慢慢退了,可是,他们也都筋疲力尽了,然后就开始头昏脑涨起来。

他们想起了科尼临走的时候说过的话:"如果没有了食物,就划船去湖对面的埃拉顿家拿。"可是现在,他们别说去埃拉顿家了,就连码头那里都去不了了。科尼说他一个星期后回来,可是,现在已经过去三个星期了,他仍然没有回来。再过两三天,索伯恩可能也不能动了,到那时,他们就只有等死了。

他们的心里无比绝望,所有人都在想:

"啊,上帝呀,科尼是不是回不来了?"

6. 闪着幽光的眼睛

在大家杀掉最后一只鸡的第二天，索伯恩用了一个上午的时间，才把一桶水拖进屋里，准备晚上发烧时喝。到了晚上，索伯恩提前发烧了，而且烧得比以前还要严重。他不停地喝水，在他开始发烧前，他居然把满满的一桶水喝得只剩下一个桶底了。天亮的时候，一种奇怪的声音惊醒了索伯恩。

"吧嗒吧嗒、吧嗒吧嗒"——好像是谁在喝水，而且还离自己特别近。他睁眼一看，顿时吓坏了，原来在与他相距大约30厘米的地方，居然有一双闪着幽光的野兽的眼睛——它还在喝水。索伯恩抬手揉了一下眼睛，再认真看时，那只动物就嗖的一下钻到了桌子底下。

索伯恩大声喊着，企图吓跑它。可是那个怪物根本不害怕，似乎要向他挑战似的，居然从桌子底下爬了出来，睁着两只发光的大眼睛，从墙壁上的洞跑了出去。虽然看不清它的长相，但是，那是一只非常大的野兽，因为墙上的那个洞是用来放土豆的，特别宽大，它的身体几乎可以把洞口堵上了。究竟是什么动物呢？索伯恩非常害怕，却没有力气追上去一探究竟。

天亮以后，索伯恩又看了一下，他开始怀疑自己之前看到的发光的眼睛是不是因为高烧导致的幻影。他拖着虚弱的身体想："还是先把那个洞堵上再说吧，万一不是幻觉，还能把它挡在外面。"

这时，他们就只有一点儿鸡肉了。虽然他们三个人都没食欲，但是，为了保持体力，还是都吃了一点儿。科尼一定想不到他们也生病了，还以为他们可以去埃拉顿家拿食物呢。

这天晚上，索伯恩又开始发高烧了，全身虚脱，还打瞌睡。就在他恍恍惚惚之际，听到了一种啃咬骨头的声音，他睁开双眼，看了看四周，结果在床边的桌上，他隐隐约约地看到了一只大型动物的身影。他忍不住发出"啊"的一声大叫，然后伸手抓起长靴，扔向了入侵者。但是黑影动作轻盈地跳到了地上，从昨晚那个洞中跑了出去。而那个原本堵好的洞居然被它扒开了一个大口子。索伯恩这下知道了，他并没有做梦，昨晚的事是真的。

声音也惊醒了玛格和露露，见此情景，她们担心地问道："那是什么呀，索伯恩？"索伯恩回答道："我可不知道啊！"说着，他起身点燃蜡烛一看，简直大惊失色。姐妹俩问："发生什么事了？"索伯恩懊恼地说："那个小偷居然偷走了我们最后的一点儿食物。"他躺在床上一动不动，姐妹俩不停地安慰他。

天刚亮，索伯恩就强撑着身体去泉边汲水，还采了三颗草莓回来，与姐妹俩分着吃了。索伯恩把水分别装在三个水桶里，然后放到床边，以便夜里发烧时用。

当天夜里，索伯恩像往常一样，先把水准备好，然后又做了些零碎活儿，最后，又把一个捕鱼的叉子放到了床边。虽然这个鱼叉已经非常陈旧了，却是他目前能够找到的唯一的武器。除此之外，他还准备了一些松枝和火柴，好留着照明用。

如今，小屋里已经没有能吃的东西了，如果那只野兽再来的话，恐怕就只能吃床上的三个人了。想到这里，索伯恩的脑海中就回想起了他在森林里看到的母山猫叼着小鹿的那个情景。凶残的母山猫就那样叼走了那只小鹿。倘若他们也落得和小鹿一样的下场，那就太可怜了。

到了晚上，他们又要经受发烧的痛苦了。他们三个人谁也没睡好，不过，奇怪的是，那只野兽居然没有来。这时，露露依然在鼓励大家，她开玩笑地说："我的身体可以飞起来了。"其实，她已经虚弱得无法下床了，只能坐在床沿上。

7. 致命的鱼叉

又是一个晚上，索伯恩还是把一切都准备好了。而那只野兽一整晚都没有出现。天要亮的时候，索伯恩突然再次听到了前两天听到的那种喝水的声音。他借着从窗子透进来的曙光，看见床边的一只野兽的脑袋和灰色的身影——它就在那里，就是那只母山猫。

索伯恩本来打算尽全力大叫一声，把它吓走，但是没有喊出来。他就慢慢地起身，对姐妹俩说道："露露，玛格！母山猫！那个坏东西又来了！"但是，姐妹俩居然纹丝不动，她们话音微弱地说："我们已经动不了了，你还是祈求上帝保佑吧！"其实，索伯恩也根本没有指望两姐妹能帮上忙。那么，就只有一种办法了：用喊声吓走它。于是，他冲着母山猫大叫了一声，他原本以为，自己的声音会像狮吼一样，结果却只听到微弱的嘘声。

母山猫转身就跳到了窗前的桌子上，在那只已经没有子弹的猎枪下冲着索伯恩"呜呜"地叫着，好像是在威胁他。然后，它向窗子那边略微转了一下，索伯恩以为它是准备撞破窗子逃跑，但意外的是，它又立刻转向了索伯恩，眼睛直接瞪着他，目露凶光，似乎随时准备扑向他。

无奈之下，索伯恩只能祈祷上帝："亲爱的上帝啊，求您救救我吧！"眼看一场战斗就要开始了，要么母山猫死，要么自己死。

他划着火柴，点燃松枝当作火炬，接着，握住放在床边的鱼叉下了床。他打算用鱼叉来对付母山猫。经过一番折腾，他已经毫无力气了，两条腿不停地打着晃。他只好把鱼叉当成手杖，撑在地上。那只巨大的母山猫静静地站在桌子上，弓起腰，好像马上就要猛扑过来。透过火光能够看到，它的双眼闪着红光，短尾巴不停地摇动着，怒吼声也慢慢变大了。

索伯恩的双膝不停地抖，但他还是尽力端平了鱼叉，然后用尽全力刺向山猫。霎时间，山猫猛地跳起，直接扑向索伯恩。但是，它并没有从正面扑过来，而是跃过索伯恩的头顶，跳到了后面的床上。一下子就钻到了床底下。索伯恩赢得了一时的胜利。这只母山猫没有直接扑过去的原因，可能是它害怕火炬和鱼叉。这时，索伯恩把火炬立在床沿上，双手握住鱼叉，时刻准备与母山猫拼命。

露露和玛格的祈祷声传入了他的耳朵，现在，他彻底意识到，他是在为自己和姐妹俩的生命而战。混在祈祷声中的母山猫的吼声变得越来越大，在小屋里回荡。索伯恩只能看到床下两只闪光的眼睛，于是，他就瞄准一只眼睛奋力用鱼叉戳去。只听一声尖叫，鱼叉还在随着尖叫声不停地抖动。索伯恩使出全力推动着鱼叉。

母山猫一边挣扎，一边叫喊着，索伯恩觉得，它的牙齿和利爪在啃咬抓挠鱼叉的柄，鱼叉还在不停地晃动。突然，伴随着"砰"的一声，母山猫从床下跑了出来，伸出四个有力的爪子向索伯恩抓去，而这时的索伯恩已经使出了全力，此时唯一能做的就是出自本能的挣扎了。有那么一瞬间，他都想要向母山猫妥协了。随着一阵吼叫声和噼里啪啦的声音，他突然跌向后面，将鱼叉折断了。母山猫快速地从他的眼前掠过，冲到了地窖里，消失了。

艰苦的搏斗终于结束了，索伯恩一头栽倒在床上，昏睡了过去。不知过了多久，一个响亮的声音吵醒了他。他看了看周围，阳光洒满了屋子，异常安静。他虚弱地问："露露，玛格，我们都还活着吗？我们没有死吧？"没等姐妹俩回答，一阵轻快的马蹄声从屋外传来，一个熟悉又响亮的声音说："咦？为什么这么安静？你们都在哪里啊？露露、索伯恩、玛格——怎么这里静得好像没有人一样？"

索伯恩听出来了，是科尼回来了。只听"嘭"的一声，门被撞开了，真的是科尼，他真的回来了。他看起来精神抖擞，依然那么帅气。

可是，当他看到躺在床上奄奄一息的三个人时，脸上立刻出现了惊恐和痛苦的表情："你们这是怎么了？索伯恩，你为什么不说话，你还活着吗？"索伯恩只能用低弱的声音回答道："科尼……我们都生了重病，动不了，也没东西吃了。"

"天哪！我可太傻了！我还以为你们会去埃拉顿家拿吃的呢！"已经完全恢复健康的科尼为自己的粗心感到万分懊悔。索伯恩虚弱地说："我们根本没有时间啊！你一走，我们就都病倒了。后来又出现了一只饥饿的母山猫，它不但偷走了那些鸡，还偷走了我们的食物。"

科尼边听边四下察看，他发现有一道血迹顺着地板一直滴到了木栅栏下面的破洞里。他说："倘若我没猜错的话，你还和它展开了殊死搏斗。"接着，科尼就让他们吃了带来的食物，喂他们喝了药，让他们休息了。

很快，他们三个人的病就好了，恢复了健康。

两个月后，有一天，露露说她们想要一个新木桶。索伯恩说："嘿！我知道哪里能找到现成的做木桶的材料！森林里有一棵大树，树干已经空了，可以做一个超大的木桶，现在我们就去把它砍回来！"说着，他就和科尼出发了。

当他们找到那棵树并砍下需要的那段后，顺便向洞里看了看。结果，他们居然在树干深处找到了三具山猫的尸体，而且已经变硬了。仔细一看，原来，它们就是索伯恩曾经遇到过的那几只。而那只母山猫，就是那个去小屋偷吃的而且还和他战斗过的山猫。

这时，小山猫们叼着妈妈的乳头一动不动地躺在那儿，而那根折断了的鱼叉依旧插在那只母山猫的身上。

银狐多米诺的故事

1. 黑色的小狐狸

太阳即将落山,夕阳的余晖清新而淡雅,照射着广袤的山丘,如同舞会上旋转彩球的灯光。西边的天空散发出一种柔和而纯洁的光芒,映照着这处小山谷。

景色简直太美了!

一座小山上有一片茂密的松林,松林的前面是一块空地,周围开满了各色各样的美丽野花。

狐狸一家的住所就在浓密的松林边缘。这是黄昏美好而休闲的时光,狐狸一家正在外面享受着幸福时光。小狐狸在花丛中蹿来蹿去,开心地玩耍嬉戏。狐狸妈妈守护在幼崽们的身边。阳光照在这群狐狸身上,照得它们细软油亮的皮毛发出明亮的光辉。

这是七只小狐狸,个个机灵健康,蹦蹦跳跳,愉快地玩耍着,一会儿滚到一起,一会儿互相追逐。有的在追蜜蜂嗅气味,有的在追苍蝇或者小虫子,还有的在追逐野鸭掉落在地上的羽毛……

这些小狐狸当中，有一只黑色的小狐狸显得特别结实，两只眼睛上长着像缠在一起的黄带子一样的花纹。它的速度非常快，只要野鸭的羽毛落在它那里，别的小狐狸就别想再追上了。只能等它玩腻了，把羽毛丢在一边时，别的小狐狸才能继续玩这个游戏。而这时，它可能又开始叼着妈妈的尾巴玩耍了。它用力地拖拽，狐狸妈妈经常会被这突然的一拽吓一跳。

当然，每到这时，狐狸妈妈就会甩开尾巴，并且竖起来让它够不着。而此时，它可能已经仰着脸躺在地上赖皮地打起滚儿来了。

在小狐狸们玩得正欢的时候，狐狸爸爸回来了。它的嘴里叼着一只香鼠。突然看到一只大狐狸出现，狐狸妈妈还愣了一下，小狐狸们也被吓了一跳。等看清楚后，它们立刻高兴起来：爸爸回来啦！狐狸爸爸刚放下咬死的香鼠，狐狸妈妈就跑了过来，重新把香鼠叼了起来。

狐狸妈妈叼着香鼠放在小狐狸们的身边。这时，小家伙们就像一群恶狼一样扑向香鼠。它们摇着小脑袋，奋力地撕扯着香鼠的身体，啃咬着香鼠身上的肉，在空地上乱成一团。

放下香鼠后，狐狸爸爸很快又跑进了松林里。狐狸妈妈继续守护着自己的孩子们，满眼爱意，并时不时地警惕地观察着四周的动静。

这时，一阵"呜——噜——嗷"的叫声从远处传了过来。

要发生什么事了？狐狸妈妈赶紧带着小狐狸们回家了。

这声音是狐狸爸爸发出的，它在向家人示警："敌人来了！要小心了！"小家伙们还不知道这是怎么回事，一个个嘴里还叼着尚未吃完的香鼠肉。

在这一带，这群小狐狸有很多敌人，比如手持猎枪的男人、狗，以及长尾林鸮。这些敌人时刻威胁着小家伙们的生命安全。所以，狐狸父母一刻都不敢放松，随时留意着周围的险情。

这时，少年阿布就在远处的一根树杈上，颇有兴致地注视着狐狸一家。他原来是为了找乌鸦窝才爬到树上的，爬到上面以后，却无意间看到了狐狸一家在夕阳下快乐地玩耍。

这情景把他迷住了，于是他就屏住呼吸偷偷地看了起来。

虽然这一带有许多狐狸，但是因为狐狸是一种非常机警的动物，因此，人类很难看到它们玩耍，科学地说，能看到它们玩耍的概率大约是十万分之一。而少年阿布就是这样的幸运儿！

阿布最喜欢那只纯黑色的小狐狸，它看起来非常机灵、健壮，看着它站在空地上那得意扬扬、神气活现的样子，阿布忍不住笑出了声。

他正看得开心呢，突然，大狐狸却带着小狐狸们钻进松林逃回洞穴去了。

狐狸们为什么要逃开呢？

阿布正想不明白的时候，就听到从远处传来了"汪、汪、汪"的狗叫声。

"讨厌，这只大笨狗怎么来了！"

听到狗叫声，树上的阿布嘴里嘟囔着，显出一副不高兴的样子。

跑过来的狗看上去还没有成年，体格健壮，嗓门也大。是的，这就是阿布的大笨狗。冬天里，阿布每次准备出去打猎的时候，都会把这条猎犬带上。这条狗原本是拴在家里的，谁知道今天居然跑了出来。很明显，它是挣脱绳索后一路追踪到这片松林的山坡上的。

"汪、汪、汪！"

大笨狗的叫声越来越近，也离狐狸一家越来越近了。

狐狸妈妈逃回洞里，安顿好孩子们以后，立刻又跑到洞穴外面。它想让猎犬看到自己，然后把猎犬引到远离洞穴的地方。

狐狸妈妈因为狗的狂叫声而非常紧张，甚至感到十分恐惧！

但是，狐狸妈妈依然很有信心能够对付这条未成年的狗。自己逃命非常简单，但现在它要帮孩子们摆脱险境。也就是说，它一定要把狗从这里引开。

想到这里，狐狸妈妈飞快地冲到狗的前面，然后改变方向，接着又跑开了。

"汪、汪、汪！"

猎犬果然上当了，立刻跟着狐狸妈妈追了出去。

很显然，这条未成年的猎犬还没有什么经验。狐狸妈妈像风一样地飞奔向前，只要了几个简单的花招就把狗引开了，也让它远离了孩子们的藏身之处。跑了一两千米以后，狐狸妈妈又采用

迂回、曲折的方法，掩盖了自己的足迹。如此一来，猎犬就很难找到自己了。

果然，追赶的猎犬越跑越慢，再也找不到狐狸的踪迹了。由于失去了追赶的方向，猎犬蒙了，不知道自己接下来应该怎么办。

就在猎犬茫然不知所措的时候，狐狸妈妈已经回到了小狐狸们藏身的洞穴。孩子们果然安然无恙。而和过去不同的是，狐狸妈妈没有看到平时每次都会兴奋地跑出来迎接自己的黑色小家伙。

原来，刚才的狗叫声把它吓坏了！看，它此刻就趴在洞穴的最里边，鼻尖藏在两只前爪里纹丝不动，甚至不敢把头抬起来。

不管是人类还是动物，一生中总会听到各种各样的声音，而有一些声音却能够在心理上造成阴影。今天的狗叫声几乎摧毁了小狐狸的神经。这些小狐狸从出生到现在，都以为妈妈是世界上最厉害的，只要待在妈妈身边就会非常安全，什么都不用怕。但是，今天，它们被猎犬凶猛的吼叫声吓坏了，甚至连大气都不敢出，哪怕是躲在洞里也不行。

对这些一直生活在爱与关怀中的小家伙来说，恐惧实在太大了，它们真的被吓坏了。从那以后，小家伙们每天都生活在恐惧的阴影中。然而，生活还要继续。

2. 狐狸的洞穴

　　松林附近的小山村还在平静地上演着不同的故事。比如最近一段时间，布顿叔叔家里的鸡就总是莫名其妙地失踪。

　　这一天，布顿家的兄弟俩正在山丘上走着，忽然听到一阵狗叫声从山谷里传来，兄弟俩赶紧跑到山谷里，发现原来是阿布养的那条大笨狗正在追逐一只狐狸。

　　这只狐狸就是那位聪明的狐狸妈妈。不一会儿，大笨狗就被狐狸的小花招给骗了，接着狐狸就躲藏了起来。而那只大笨狗在胡乱地兜着圈子用力地抽动着鼻子。

　　"如此看来，这只狗又要扑空了！"

　　看到这条狗毫无头绪地绕圈子的样子，兄弟俩都笑了。过了一会儿，当兄弟俩眺望山谷的另一边时，却发现之前那只没了踪影的狐狸嘴里居然叼着一个白色的东西。

　　"那不是咱们家的鸡吗？"

　　兄弟俩一齐惊叫起来。

　　是的，狐狸妈妈嘴里叼着的那只鸡就是布顿叔叔家里的宝贝白鸡。

　　虽然痛恨这个偷鸡的家伙，但是这兄弟俩并没有轻举妄动。他们想弄清楚，这个偷鸡贼到底要去什么地方。

　　他们看到狐狸先是叼着鸡钻进了草丛中，然后又钻到了草丛中的洞穴里。在狐狸钻入洞穴的那一刻，小狐狸们已经一个接一个地跑出了洞穴。

"好哇！那里居然有一窝狐狸！走，去看看！"

兄弟俩拿着粗大的木棍，走向狐狸洞。

在狐狸洞口散落了一地的白鸡毛。他们把粗木棍插进了洞穴里。狐狸洞曲曲折折，木棍根本没办法伸到小狐狸躲藏的洞穴深处。但是，听到洞口传来的可怕声音，洞穴里的小狐狸早就被吓得不停颤抖了。

这时，狐狸妈妈也急坏了，它偷偷地跑到距离洞穴比较远的地方，想把他们引开。但是，布顿兄弟俩可不是大笨狗，压根儿不会上当。洞穴被人发现是最坏的事情。狐狸妈妈即便想尽一切办法，也帮不了自己的孩子了。

洞穴里的小狐狸们是多么希望爸爸妈妈能够来救自己啊！但是，它们的父母都没有出现。

兄弟俩用木棍向洞穴里乱捅。洞口已经一片漆黑，恐怖的狗叫声和木棍撞击洞壁的声音在不断地回响。小狐狸们因为这一切而胆战心惊。

这时候，小狐狸们才明白，世界上还有比猎犬更加可怕的敌人。

布顿兄弟俩挖空心思，木棍还是到达不了狐狸洞穴的深处。没法子，他们准备先回家，明天再带着挖掘工具来对付小狐狸。

兄弟俩刚走，狐狸妈妈立刻就去寻找新洞穴，以便重新安顿吓坏了的小狐狸。第二天一早，天刚蒙蒙亮，狐狸妈妈就开始了搬运工作。它要把自己的孩子全部转移到安全的新洞穴中去。

第一个被搬运的就是那只健壮的小黑狐狸。第二个被搬运的是女儿当中最健壮的那个。第三个被搬运的是剩下的狐狸中最健壮的那个。直到现在，狐狸还沿袭着传统的种族繁衍习惯——在紧急关头，狐狸父母首先要把最健壮的孩子搬运出去，以使种族能够繁衍下去。

在转移的过程中，狐狸爸爸在附近的山丘上来回巡视着四周的动静。

"呜噜——噜噜噜——噜——"

太阳升起来以后，狐狸爸爸就发现了敌情，立刻大声地叫了起来。而此时，狐狸妈妈正在搬运第三个孩子。

来的正是布顿兄弟俩。他们拿着铁锹和铁镐，直接奔向那个狐狸洞穴。到了洞口，他们马上动手挖掘起来。但挖到1米左右，就碰上了一块大岩石，无法继续挖掘。

"怎么办？"

布顿兄弟俩正在商量办法的时候，远处突然传来了"轰"的一声巨响。那是采石场工人用炸药爆破岩石的声音。

布顿兄弟俩受到这声巨响的提醒，于是做出决定："咱们就用炸药把这块岩石炸开！"

就这样，布顿兄弟俩分工合作，一个留下守着洞口，一个回家去拿炸药。没过多久，炸药拿来了。他们把它放进了岩石缝里，然后将引线牵到远处。布顿兄弟俩先点燃引线，然后就躲了起来。

只听一声震耳欲聋的巨响，周围的沙丘都被震得哗哗直响。

硝烟渐渐散去，布顿兄弟俩到洞口一看，炸药炸碎的岩石已经把洞口堵得严严实实！里面的狐狸是不可能出来了。看来，它们是必死无疑了。于是，布顿兄弟俩放弃了挖洞，收拾了一下就回家了。

天黑以后，狐狸父母来到洞口，奋力地扒炸碎的岩石块儿，想刨开堵死的洞穴，找到剩下的小狐狸。但是，这一切没有任何作用。

第二天晚上，不死心的狐狸父母接着刨洞，但还是没有任何作用。

第三天晚上，狐狸妈妈只身来到了洞口，但它依然失败了。

最后，狐狸父母只能彻底放弃了葬身于乱石洞穴里的孩子们。

3. 狐狸爸爸

狐狸将新家选在了河边，而不再是山丘上一块巨大的岩石后面，即使敌人发现了洞穴，也不可能挖开或捣毁这块巨石。

小狐狸的成长速度非常快，尤其是小黑狐狸，不仅身上的皮毛很快就完全变成了黑色，甚至连眼睛周围的毛也变成了黑色，全身的毛色看起来油光发亮。

对于小狐狸而言，狩猎是它们在成长过程中的一门必修课。因为它们已经长大，所以狐狸父母就开始对它们进行生存训练。

如今，即便它们捕到了猎物，也不会像过去一样，送到洞口让孩子们吃，而是把猎物放到距离洞口 100 米远的树林里，让孩子们自己去找。狐狸父母就是通过这种方式，训练小狐狸们的狩猎能力的。

这些小狐狸中，第一个找到猎物的就是力气大、跑得快的那一只。因为它先把食物吃掉，于是就能更快地长大，身体就更加强壮，而且性情也更加凶猛。与此同时，狐狸父母带来的猎物越来越多，就这样，三个小家伙都得到了充分的锻炼。而在它们中间，那只黑色的小狐狸是最凶悍的，长得也是最快的。

后来，那条曾经把小狐狸们吓坏的大笨狗又多次来到山谷里。而每次听到大笨狗的叫声，小狐狸们都会吓得趴在地上一动不动。

每当这时,勇敢的狐狸父母就会冲出去,采用调"狗"离山之计,把狗引到别的地方。

狐狸父母在河边绕着山丘和狗周旋着,只要简单地玩耍几个小花招,就能让大笨狗再也找不到它们。一旦靠近河边,狐狸的气味就会立刻消失。

在狐狸一家的眼里,那条大笨狗一直就是个笨蛋,是它们捉弄的对象。但是,这条大笨狗也在慢慢长大。终于有一天,这条狗突然出现了,把小狐狸们吓坏了。

当时,小狐狸们刚找到被狐狸爸爸放在林间空地上的猎物,正高兴得乱蹦乱跳呢。

突然,随着一阵"汪汪汪"的叫声,那条狗一边不停地吼叫着,一边冲了过来。小狐狸们顿时被吓傻了,惊慌失措地四散逃窜。由于被吓呆了,最小的那只小狐狸甚至忘记了逃跑,于是就被狗捉住了。

一瞬间,大狗就咬断了小狐狸的肋骨,最小的这只小狐狸立时就送了命。

大笨狗取得了胜利,于是得意扬扬地叼着已经被它咬死的小狐狸走了。一路上,它还不断地撕扯小狐狸软嫩的皮毛,咬它那脆嫩的骨头。

狐狸一家真是灾祸不断。

就在小狐狸被狗咬死的第二天早上,正当狐狸爸爸叼着一只野鸭想要回家时,一群狗突然围了上来。

狐狸爸爸立刻开始逃命，它选择了两侧有高高围墙的那条道路。但是围墙非常高，狐狸爸爸叼着野鸭是跳不过去的。于是，它就顺着墙接着向前跑。当它发现前边围墙上有一个洞时，甚至来不及看清楚就钻了进去。

狐狸爸爸刚刚钻进去，身边便立刻响起了一阵狗的怒吼声。原来狐狸爸爸无意中闯入了一户人家的院子。而且，这阵狗叫声并非来自追赶它的那些狗，而是这个院子里的狗发出的。

如此一来，狐狸爸爸便处于腹背受敌的状态。它看情况不妙，就准备扔掉野鸭逃走。可是，就在这一刻，不幸的事情发生了，这个院子里的狗追上了它，把它咬死了。

这时候，山谷里的狐狸一家根本不知道狐狸爸爸的悲惨命运。此时，小狐狸们还在耐心地等待着狐狸爸爸回家呢。如果狐狸爸爸不能回来，它们将失去多少幸福时光啊！不过，如果小狐狸们知道了自己的父亲是被一群狗活活咬死的话，那么它们的心情又会是怎样的呢？

为了养育全家，狐狸爸爸到处捕食，甚至为了保护孩子不惜将自己作为诱饵，最后却悲惨地死于群狗之口。

如今，在山谷里的狐狸洞里，只剩下狐狸妈妈和两只小狐狸了。

4. 银狐传说

不知不觉间,八月悄悄到来了。两只小狐狸也已经长大,能够自己出去捕猎了。如此一来,狐狸妈妈的负担顿时减轻了不少。

到了九月,狐狸妹妹的体形已经变得和妈妈一样大了。而狐狸哥哥的个头则比妹妹还要高大,也魁梧得多,它身上的皮毛已经变成了全黑,就连眼周的毛也变成了黑色。这只黑狐狸,就是我要讲述的故事的主人公——多米诺。

多米诺跑起来快得如同一阵风,而且,现在,它已经完全能够在山野间独自狩猎了。

渐渐地,多米诺与狐狸妈妈和狐狸妹妹都产生了这样一种感觉,那就是多米诺已经长大成人了,不适合继续和妈妈、妹妹一起住了。

很快,多米诺离开了家,开始了独自闯荡世界的生活。

开始的时候,年轻的多米诺对自己在大自然里独自生存非常有自信。但几天以后,它的自信心就彻底消失了。

对多米诺来说,速度是它最自信的地方。但是,有一次,在两条狗的追赶下,它不得不以脚部受伤为代价,才成功逃回满是岩石的山丘。

这一天,天气非常炎热,多米诺飞快地跑向河边,想把自己因为快速奔跑而热得发烫的脚放到河水里凉快凉快。等到了河边,它立刻就跳了进去，把双脚泡进了水里。那感觉真是太舒服了。

就在水中的多米诺不断地游向上游的时候，很快，它的身后就出现了狗的身影。多米诺立刻钻进了河中沙滩上茂密的草丛里，屏住呼吸，静静地看着狗群。而让它感到难以置信的是，那群从后边追上来的狗居然在自己藏身的水边转了两圈就走了。

那时，多米诺还不知道，在河水的帮助下可以消除自己的气味。经过几次这样的经历后，多米诺就牢牢记住了这个规律。

在冬天，它也找到了可以让自己脱身的好办法。到了冬天，河面上会结一层薄薄的冰，于是，它就把狗引到河面的冰上。当然，河面上的冰还非常薄，结果，因为身体过于笨重，狗跑着跑着就消失不见了。简单地说，就是冰面无法承受狗的体重后断裂了，狗也就跟着掉到冰冷的河水里了。

最初的时候，通往悬崖顶端的路是特别宽的，不过越到悬崖顶，路就变得越窄，而且是非常窄，甚至窄到只能让多米诺这样细瘦的身体勉强通过的程度。如果狗追上来，就会被夹住，可以说是进退两难。而这也成了多米诺的又一个有效的脱身术。只要遇到敌人追赶，它就会把身子紧贴在耸立的悬崖边。

对多米诺来说，河水除了可以发挥避难所的功能以外，还能变成饥饿时的食物来源——当肚子饿的时候，它总能在河边找到食物，比如被河水冲上岸的鱼、青蛙等。

漫长寒冷的冬天来临了，多米诺身上的皮毛也发生了很大的变化，原来仅剩的一点红色、灰色的皮毛被像夜幕一样的美丽黑色彻底取代了，那黑色就如同缎子一般油光发亮。

其实，多米诺的父母是一对红毛狐狸，多米诺只是红毛狐狸的黑色变种而已。

红毛狐狸父母能够生出黑色的小狐狸，这是有理论根据的。所有生活在北方森林中的猎人都知道，红色狐狸的父母是能够生下黑色狐狸的——当然，这种概率非常小，而生出纯黑色狐狸的概率更是微乎其微。人们很少看见这种狐狸，即便发现了黑狐狸的踪迹，也很难捉到它，这是因为这种狐狸实在是太聪明了。

黑狐狸不仅奔跑速度非常快，而且耐力很强，头脑聪明，天生特别狡猾，如果用对付一般狐狸的办法对付它，那是起不到任何作用的。

很明显，黑狐狸得到了上苍的厚爱，拥有上苍赐予的超乎寻常的能力。甚至，就连它们皮毛的颜色都是上苍的恩赐。多米诺的那种黑色并不是纯黑色。很快，多米诺身上皮毛的黑色毛尖渐渐变得发白，在阳光的映照下，它的全身都闪耀着银色的光芒。

看来，我们不能再叫多米诺"黑狐"了，而应该叫它"银狐"。

银狐一向价格昂贵。与其他狐狸的皮毛相比，银狐的皮毛之所以更加珍贵，有三个原因：一是这种狐狸数量非常稀少；二是这种狐狸非常聪明，皮毛格外罕见；三是这种狐狸的毛色漂亮。

我们知道，钻石是价格昂贵的宝石。但是，即便是同样的钻石，也有光泽的等级之分，而这又决定了它们各自的价值；就像钻石一样，银狐也存在等级之分和价值高低之别。每张银狐皮的价格

会根据银狐皮毛的等级而各不相同。当然，皮毛的完整程度也影响着价格的高低。

深秋来到以后，夜晚的路面上开始长期结霜，多米诺身上的皮毛就显得更加醒目了。

夜间，多米诺黑色身体上的银色毛梢就像天空中闪烁的星星一样，显得极为耀眼。在这个季节里，多米诺已经从一只黑狐彻底变成了一只银狐。

而当地也开始流行着关于银狐的各种传说。与此同时，还流传着有关阿布的那只大笨狗库拉曾经数次追踪银狐的故事。

认识库拉的人根本不相信它能够追踪银狐，以库拉那样的智商，怎么能追得上银狐呢？

但是，依然有人用库拉来诱捕银狐。

"无论如何，让库拉先把银狐引出来，然后我们再想办法去抓，这样不就容易多了吗？"

现在的库拉早就不像当初那么笨了，它已经长成一只凶猛的猎犬了。它的叫声可以充分地证明这一点。就算是人，如果听过它的吼叫，也肯定永远不会忘记。

它的吼叫声中有一些刺耳的颤音，那是一种让人感到可怕的吼叫声。

一个深秋的傍晚，我独自在山脚下散步。突然，从远处传来库拉那令人讨厌的恐怖叫声。它一直在吼，这说明它已经盯上了什么猎物。

我蹲下身子侧耳倾听。

没过多久，就从附近传来了踩踏树叶的"咔嚓"声。

很快，我就发现一只纯黑色的狐狸跑了过来。我与它相距大约50米。它看见我蹲在那里就停下了脚步，把两只前爪搭在原木上，然后用两只后爪蹬地。

我把手掌心放到嘴边，用力地吮吸着，学狐狸的样子，发出"啾、啾"的声音。

谁知，这声音刚一发出，那只狐狸就立刻掉转过头，飞快地跑向了我，来到了与我相距大约20米的地方才重新停下来。

看着停在我面前的狐狸，我忍不住暗自赞叹。这只狐狸全身的皮毛都亮闪闪的，在阳光的照射下，那白色的毛梢光彩夺目，它简直太好看了，身姿更是美妙绝伦。

"天啊，世界上居然有这么漂亮的狐狸！"

看着它，我顿时明白了——它就是那只传说中的银狐！

我专注地盯着这只银狐。

它似乎感觉到狗就要追上来了，想立刻逃走。我再次模仿狐狸，发出"啾、啾"的叫声。它又一次猛地抬起头看了我片刻，然后，转过身像闪电一般飞速逃开了。

银狐逃走以后，没过多久库拉就追了过来。库拉一边拖着沉重的身体"呱嗒、呱嗒"地跑，一边发了疯一般地吼叫着，路边的草丛都被它踏得"呼啦啦"乱响。可以说，它的这种跑步姿势与刚刚那只银狐的优美身姿形成了极为强烈的对比。

除了银狐,库拉似乎对其他任何东西都不感兴趣。它双眼充血,"汪汪"吼个不停,鼻孔里还喘着粗气,就连眼皮也没有抬一下。它一边寻找银狐留下的弯弯曲曲的足印,一边嗅着银狐的气味,一路疯狂追去。

这条大笨狗是如此的疯狂、执着,样子真是太吓人了。

我准备模仿老鼠的叫声吸引库拉,可它没有上当。现在,它的头脑里只有一个念头,那就是追上银狐,然后杀死它。

如果库拉真的追上了银狐,那么结果可想而知!库拉的脖子上毛发竖起,看到这些,我甚至可以想到库拉狠狠地撕咬银狐的样子。

我曾经是一个猎手,所以,我一直认为,猎犬是人类忠诚可爱的帮手。但是,当我今天亲眼看到了银狐与库拉,我就开始不喜欢捕猎银狐的猎犬了——它的捕捉对象是如此美丽而机敏的银狐。而且,我还有点儿讨厌库拉那粗笨的样子。

5. 可爱的新娘

冬天到来以后,农场里就清闲了。这时,青年们就开始了捕猎狐狸的活动。当然,他们是不可能放过多米诺这样一只远近闻名的狐狸的。但是,多米诺非常机智,通常不会上当。而且,多米诺在和库拉及人类的较量中积累了丰富的经验和智慧,也学会了许多脱身术——这一切都是生存所必需的。

冬天来临之后，多米诺每天的生活都是枯燥、乏味的。白天，它会找一个没有树木和草丛的地方缩成一团，然后用蓬松的大尾巴盖住头，把整个身体都藏进尾巴里。只要发现可疑的动静，它就会睁开双眼，警惕地到处察看。

天黑以后，多米诺就会从沉睡中醒来，起来去觅食。

一般情况下，雪停后明亮的夜晚，有星光的夜晚，或是明月皎洁的夜晚，都是野生动物喜欢的觅食时间。这是因为，这样的夜晚不同于平日昏暗的夜晚，能够让它们更清楚地看见猎物。夜里，即便是视力非常好的野生动物，在没有任何光亮的情况下，也是很难发现东西的。正是由于这个原因，它们都非常喜欢明亮的夜晚。而且，这样的夜晚也比较容易躲开天敌。

多米诺总是在太阳落山以后，当周围变得暗下来的时候才开始捕猎。它每次都要逆风前进——迎面吹来的风可以告诉它很多信息。

通常情况下，它会先去之前捕到过猎物的地方看看，把残留的气味消除掉。然后，它就会爬到山的顶峰。而在向上爬的过程中，出于安全考虑，它会非常仔细地对两侧进行观察。如果这时正好传来可疑的声音，它就会故意发出声音，引开猎物或敌手。

为了观察周围的情况，多米诺还经常爬到高高的石头上，或者歪歪斜斜的树枝上。如果实在没有可以攀登的地方，它就会像弹簧一样"啪"的一声高高跳起，通过这种方式察看周围的情况。

每当晚上出去觅食时，它总是格外沉着且冷静，偷偷地靠近农户的庭院。几乎每个农户家里都有可以捕捉的猎物，但是，农户家差不多都养着看家狗，因此，这时候它就要分外小心。

多米诺到农户家寻找食物的方法一般有两种。一种是直奔农户家。通常情况下，它能够找到安全逃脱的路线。第二种就是先在农户庭院周围，挑衅似的叫上几声，试探一下里面的反应。如果有狗出来，它就立刻逃走；如果没有狗出来，那就表示狗是被拴着的，这样一来，它就可以放心大胆地靠近农户家，从后院进去找能吃的东西了。

农户家里的肥鸡，称得上是最好吃的猎物了。而偷鸡的时候，狐狸必须咬住鸡脖子，否则鸡就会叫出声来。

在农户家里，只要是可以吃的东西，多米诺都会想办法把它们弄到手。比如鸡吃剩下的面包屑、被夹子夹死后扔到外边的死老鼠等。若是实在没有什么东西可吃，多米诺就会把脑袋伸进猪食槽，吃几口猪食充饥果腹。

一周之内，如果可以有五次吃上好东西的机会，即便不出去寻找食物，也能维持生命。多米诺每天晚上都出去找食吃，而且总能找到吃的东西。

野生动物都有自己固定的地盘，一般不会轻易离开。当它们在自己的地盘内活动时，如果发现陌生的对手擅自闯入，总会想法子把对方赶出去。当然，这要求领主具有强大的力量，如果败给了对方，那么，结果就是自己反而会被对手赶出原本属于自己的地盘。

深冬的一天，多米诺突然产生了一种非常孤独的感觉。它觉得自己分外的孤独，想找一个伴侣陪伴自己——可是，它在哪里呢？

从那以后，每逢有月亮的夜晚，多米诺就会爬到山丘上，把腰伸得长长的，拉长声向远方发出"鸣——噜——噜——噜——"的呼唤。这呼唤的意思是："我好寂寞啊！"

这样反复叫上一阵后，它就会侧耳倾听，看看是否有回声。但是，每次它都是失望而归。

日子就这样慢慢地过去了。二月份的一天晚上，多米诺在发出这样的一阵呼唤后，看到远处的雪地上出现了两个奔跑的动物的身影。它立刻起来冲向那两个身影。

多米诺认真辨认了一下原野的足迹。哦，它确信，对方中的一个是那只居住在河边的厚脸皮的雄狐狸！但它们之间没有任何恩怨。

多米诺接着向前走，然后就发现了另外一只狐狸的足迹。

这些足迹是别的狐狸留下的，而并非那只厚脸皮的家伙。多米诺顿时非常愤怒：居然有人侵入了自己的地盘！多米诺马上追踪着这些足迹而去。然而，追着追着，它就转怒为喜了。原来，这些足迹是一只雌狐狸留下的。

多米诺继续沿着雌狐狸留下的足迹追踪下去。但令它生气的是，那只厚脸皮的雄狐狸始终在那只雌狐狸的足迹旁边徘徊，而且还尾随着雌狐狸。

多米诺彻底被惹怒了。它不由得加快了行进的速度。慢慢地，两只狐狸的身影在它的前方出现了，一只自然是"厚脸皮"，另外一只就是那只雌狐狸。只见它们俩不时地追逐打闹，互相戏耍。

多米诺看到它们两个居然这么亲热，不禁怒从心头起，立刻冲了上去。

"厚脸皮"嬉戏的对象是一只模样乖巧秀美的红色雌狐狸，它的脖子四周长着白茸茸的毛，看起来就像围了一条白围巾，显得高贵不凡。

多米诺一下子就冲到了两只狐狸旁边。"厚脸皮"发现居然来了一个竞争对手，马上把头转向多米诺，还冲着它不停地龇牙咧嘴。

可雌狐狸对多米诺的突然出现却表现得非常冷淡。

虽然多米诺对雌狐狸的态度特别失望，但它依然敌视地看着"厚脸皮"。

"厚脸皮"与多米诺相互瞪视着，眼看一场厮杀就要开始了。但这时的雌狐狸反倒独自逃开了。见此情状，两只雄狐狸也不去较量了，立刻紧随其后。

追上雌狐狸以后，两只雄狐狸就在它的左右互相敌视着，时不时地冲着对方龇牙咧嘴。

过了一会儿，那只红色的雌狐狸把身体向多米诺的那边靠近了一点，"厚脸皮"一看，立刻龇牙威胁多米诺。而多米诺只是用身体轻轻一撞，就把"厚脸皮"撞倒在地了。

就在多米诺把"厚脸皮"撞倒的时候，雌狐狸又趁机逃开了。于是，两只雄狐狸再次追了上去，又把雌狐狸夹在了中间，一起向前跑着。

　　如此跑了一段路以后，雌狐狸就又开始靠近多米诺这边了。继续跑了一会儿后，三只狐狸停下了脚步，这时，雌狐狸已经和多米诺并肩而立了。"厚脸皮"则孤零零地站在另一边。

　　发现"厚脸皮"不想离开，于是，多米诺立刻叉开四肢，脖子上的毛发倒竖起来，气势汹汹地站在了"厚脸皮"的面前，这时就连它那漂亮的尾巴都竖了起来。多米诺龇着牙，发出了非常恐怖的"呜呜"声，一步步向"厚脸皮"逼近。

　　雌狐狸也跟在多米诺后边，向"厚脸皮"逼近。

　　看到它们一起逼近自己，"厚脸皮"知道，再较量下去肯定是自讨没趣，于是，就怀着怨恨的心情转过身去逃走了。

　　就这样，多米诺赢得了可爱的雌狐狸的芳心。而这场争夺配偶的斗争就相当于它们的结婚仪式了，雌狐狸成了多米诺的新娘。因为它的脖子上有一圈像围巾一样漂亮的白色卷毛，因此，我们就叫它"白脖子"吧。

6. 小女孩的奇遇

　　春天到了。

　　高山上那厚厚的积雪开始融化，河里的冰也渐渐融化了，森林里的小鸟快乐地唱起春天的歌谣，青蛙也一反冬天时的安静，开始变得吵闹起来，松鼠则在森林里兴致勃勃地蹦跳着。

多米诺和自己的妻子"白脖子"每天都在山林中走动，亲亲热热地依偎在一起。它们的感情还像新婚时一样，依然那么恩爱。不同的是，开始时的那种热烈已经慢慢减退，取而代之的是深沉而持久的伴侣之情。

野生动物中有许多种不同类型的婚姻方式。等时间久了，一旦经历了世事沧桑，它们最后都会意识到：最幸福的事情莫过于和对方一直在一起。多米诺和"白脖子"的婚姻就和人类的婚姻一样，它们互相把对方当成了相伴终生的伴侣。

这时，它们也和大山里的别的动物一样，心怀喜悦之情迎接春天的到来。

小河里的水发出"哗啦啦"的响声，欢快地流淌而过，仿佛在唱着一首春之歌。多米诺和"白脖子"在山野间来回不停地走动，似乎在寻找着什么。

其实，多米诺只是跟在"白脖子"的身后。这对狐狸夫妇在野外满世界地寻找着，可别的狐狸的气味遍布各地，那就表示："此地已有主。他人请勿擅入，否则必会遭到攻击！"

多米诺和"白脖子"只好继续向大山深处走去。最后，它们来到了一个生长着茂密的白杨树的地方，这里是多米诺幼年生活过的地方。"白脖子"看中了这个山谷，想在这里建造自己的家。比起其他地方常常冰霜遍地，这里的土质显得异常松软。

然后，"白脖子"和多米诺便开始交替挖洞望风。"白脖子"挖洞时，多米诺就登上周围的山丘向四处察看着，以防发生意外；而多米诺挖洞时，"白脖子"就负责望风。

大约用了三天时间，它们终于建成了一个符合"白脖子"要求的可以居住的洞穴。一条长长的隧道连接着洞口和一个横向的洞穴，这里就是它们的卧室。然后，隧道曲折地向地面上延伸。

建造洞穴时，它们把从地下搬运出来的泥土都堆在洞口，这样一来，就形成了一个小小的土堆。接着，"白脖子"在洞穴出口旁边又挖了一个新的出口。最后，它用这个小土堆封住了原来的出口。如果在入口堆满泥土，那不就相当于告诉敌人自己的洞穴在哪里了吗？如果把新的入口隐藏在浓密的树丛中，那么敌人就不会轻易发现它了。

过了几天，封住洞口的小土堆上长满了杂草，这样一来，就没有人能够发现这一带有狐狸洞了。

为了确保洞穴的安全，多米诺和"白脖子"可谓煞费苦心。每次外出回来，它们都要先去小河里清洗一下，让河水冲掉自己的气味，然后才会回洞穴。

一天，多米诺在森林里碰见了一个穿着长长的外套的小女孩，她的手里拎着一个篮子。

多米诺暗想："似乎不是很危险啊！"

小女孩不是猎人，只是去森林里采野果的小姑娘。

小女孩也看到了多米诺，她非常高兴，情不自禁地说道：

"好美的狐狸呀！真想摸摸它那光滑的皮毛！"

当然，这个和善的小姑娘也吸引了多米诺，它不由自主地跑向她的身边。

就在这时，伴随着一阵"汪汪汪"的叫声，一条小狗突然从小女孩的身后跳了出来。

多米诺一看见小狗，就马上逃开了——这只无情的小狗破坏了它和这个善良的小女孩即将建立起来的友谊。

回到家里，小女孩把自己在森林里的奇遇讲给家人听：

"那只狐狸非常漂亮，而且还长着一双非常友善的眼睛！"

7. 战胜大笨狗

当绿色开始一片一片地出现在山林里的时候，"白脖子"的举止发生了很大的变化。莫名其妙地，它开始觉得多米诺碍事了，要知道，这可是她亲爱无比的丈夫啊！

有一天，多米诺刚想回到洞穴里，"白脖子"就发出了"哇"的一声，那声音非常具有威慑力，言外之意是："不要进来！"

其实，洞穴里并没有发生什么大事，这一点"白脖子"非常清楚。原来，"白脖子"顺利地生了五个狐狸宝宝——这是它第一次生产，但它仿佛天生就有经验一样，居然能够独自将几只小狐狸平安地生下来。

没人教过"白脖子"如何建造洞穴，如何生育宝宝……真奇怪，

它为何可以做得这样好呢?

其实,"白脖子"的老师就是大自然,这是大自然母亲赐予它的本能。

洞穴里出生的小狐狸非常小,样子也很丑。如果谁看到刚刚出生的小狐狸,一定会说:

"天啊!太难看了!"

但是,在"白脖子"的眼里,自己的孩子是全世界最可爱的宝宝!它对小狐狸们不是搂就是舔,照顾得无微不至。"白脖子"是如此疼爱自己的孩子,因此,它想和自己的宝宝们紧紧地依偎在一起,任何人或事都不能打扰它们,就连身为父亲的多米诺都因想要进入洞穴而受到了"白脖子"的威吓。

这段时间以来,多米诺一直在洞穴附近走动。终于,有一天,"白脖子"走出了洞穴,去附近的小河边喝水。于是,隐蔽在土堤上的多米诺才终于见到了妻子,不过,"白脖子"还是一副若无其事的模样,喝完水以后就回到了洞穴里。

生下狐狸宝宝以后,"白脖子"吃的都是之前储存在洞穴里的老鼠——这是它在生育之前准备的。而如今,这些老鼠就快被吃光了。

一天,"白脖子"从洞穴里出来的时候,在

洞口处发现了三只死老鼠。很明显，这是多米诺捉来放在洞口的。谁都没有告诉多米诺应该把捉来的老鼠放在洞口，但身为丈夫，多米诺本能地知道，在这种时候需要对自己的妻子献殷勤。

在父母的细心呵护下，小狐狸们很快就长大了。

这些小狐狸在出生大约一个月的时候，第一次走出了洞穴。这些小家伙长得短短的、胖胖的、粗粗的，就像圆圆的毛线球一样，而且走路笨拙、步履蹒跚。

如今，它们已经比出生时好看多了，变得胖墩墩的，非常可爱——那真是一种难以用语言形容的可爱。

多米诺和"白脖子"都非常疼爱自己的小宝贝们。无论是在洞里还是在洞外，夫妻俩对小宝贝们总是又抱又舔，满怀爱恋。它们甚至愿意为自己的小宝贝们去做任何冒险的事。

小狐狸们一天天地长大，也变得越来越强壮了。看着它们成长，夫妻俩觉得特别幸福。可是，这个世界从来就没有永久的幸福，不幸经常在幸福中孕育着，而且，总是在你尚未意识到的时候就悄悄地降临了。

一天，当多米诺叼着猎物回到洞穴时，突然听到了狗叫声。

多米诺顿时不寒而栗——那声音的主人就是自己再熟悉不过的猎犬库拉！

多米诺努力控制住自己的恐惧，朝着库拉叫声传来的方向跑去。而"白脖子"则马上带着小狐狸们回到了洞穴的最深处。

多米诺之所以要离开洞穴，跑向库拉，就是想把它引开。本

来准备轻松地从库拉面前逃走，但出乎意料的是，库拉居然马上就追了上来。看来，想要顺利逃脱已经没有那么容易了。因为现在的库拉已经长大了，奔跑速度要比从前快多了。

刚才，库拉是在途中无意间发现"白脖子"的足迹的。它原本想追踪"白脖子"，谁知半路杀出个多米诺，打乱了它的计划。库拉为此勃然大怒，马上气势汹汹地冲着多米诺边吼边追。

多米诺东躲西藏，绕了很多圈后，不禁暗想：

"库拉应该已经被我甩掉了吧！"

但是，无论多米诺耍什么花招，现在的库拉都不会再上当了。它死死地盯着多米诺。原来，愚笨的库拉也在成长过程中学会了很多对付多米诺的本领，而且似乎已经掌握了追捕多米诺的窍门。

就这样，多米诺和库拉之间不断进行着你追我躲的拉锯战。

很快，多米诺将自己奔跑的方向转向了陡峭的悬崖。

为了不让库拉察觉自己的企图，多米诺先假装向河岸跑去，想要把对手巧妙地引到悬崖的羊肠小径上。

现在，原本快速奔跑的多米诺刻意地放慢了速度。库拉发现多米诺的速度变慢以后，心想："这只狐狸可能太累了，跑不动了。"于是它就一边喘着粗气，一边加速向着多米诺追去。

此时，多米诺已经来到了通往悬崖的宽路上。在追上去的时候，库拉似乎觉得事情有点不对劲儿，可当它发现狐狸的奔跑速度在不断减慢时，又果断地追了过去。

"加油！"库拉暗暗地鼓励自己。眼看就要被追上的时候，多米诺已经来到了悬崖上的羊肠小径。就在库拉马上要抓住多米诺的一瞬间，多米诺突然迅速地跑了起来，如同狂风一样。眼看近在眼前的猎物就要飞走了，库拉奋起直追。糟糕的是，肩骨非常宽的库拉已经追着多米诺进入了羊肠小径，而且被困在了悬崖上。

只要它一侧肩，就会碰撞到悬崖。果然，紧接着它就撞上崖壁，弹了出去，掉进了悬崖下的湍急河流里。

悬崖下的河水十分冰凉，而且水流翻滚。库拉刚从悬崖上掉下去，就被湍急的河水冲走了。

激流冲得库拉非常狼狈。经过一番奋力挣扎，眼看它就要浮出水面了，结果又被旋涡拖到了水里。就这样，不知道翻了多少个跟头，也不知道被激流卷到河底多少次，最后，库拉被灌了满满一肚子冰冷的河水。

然后，它被激流从水里冲了出来，又抛到了水里。但是，水面下隐藏的岩石就像锯子一样锋利。当它最后一次奋力从水中挣扎出来的时候，翻滚的浪花又把它推到了岩石上，最后才被推到了岸上。

库拉遍体鳞伤，肚子里装满了水。当天晚上，就算它拼命挣扎，也不能回到主人家了。结果，那一年的春天和夏天，它都没办法出门去抓狐狸了。

8. 迷幻药

时间过得飞快，又一年的夏天就要到来了。

一天，多米诺正躲在茂密的草丛中等待着猎物的到来。突然，它闻到了一种非常独特的气味，于是，它顺着这种气味找了过去。走着走着，在它的面前出现了一个身体庞大的动物，而这种气味就是它发出来的。这个大家伙的身体是亮红色的，上面还点缀着一些白色的斑点。

多米诺在它的身后停下了脚步，盯着它仔细地观察。如果多米诺从正面过去，那个动物一定会落荒而逃——多米诺看起来好像要和对方打一架。

从远处看，这只动物就像死了一样，身体在地上趴伏着。其实，它是活的，因为它那大而圆的眼睛还睁着呢！这只动物也在盯着多米诺，尽管它的双眼非常明亮，其中却明显透着胆怯。

多米诺看出了对手的恐惧，立刻就来了兴致。这时，它产生了一个非常强烈的念头——它想弄清楚这家伙的来历。

其实，在多米诺面前的是一头小鹿。只是因为这附近鹿的数量太少了，多米诺从未见过，所以，它一点儿都不了解躺在草丛里的这个家伙。

多米诺小心地向小鹿靠近，慢慢地，靠近一点儿，又靠近一点儿，眼看就能扑上去的时候，那只小鹿却猛地一下站了起来。

它发出了悲哀的叫声，用长腿支起身体，准备从草丛中跳出去逃走。

看着小鹿逃跑的样子，多米诺觉得挺有意思，立刻从后方追了上去。

这时，地面上突然响起了一阵"咚咚咚"的声音，好像是某种东西在用力地踩踏地面。

多米诺回头一看，原来是鹿妈妈。鹿妈妈看起来就像一头巨怪，怒气冲冲地跑了过来。它背上的毛竖立着，眼睛里放射出愤怒的"火焰"。

多米诺一看情况不妙，立刻掉头准备溜走。不料鹿妈妈的速度太快了，如同一阵狂风刮来，一眨眼就追上了多米诺。鹿妈妈一上来就用前腿踢打多米诺，多米诺赶紧躲开了。一招不成，又使一招，鹿妈妈改用身体一次次地向多米诺撞击，多米诺也一次次地躲开了。

多米诺逃到树林里，鹿妈妈也追到了树林里，它还想踢多米诺。不料，一脚踢空，踢到了小树上，把小树都踢飞了！不过，鹿妈妈的脚也没好到哪儿去。

这个时候，鹿妈妈才放过了多米诺。

多米诺从这天的经历中明白了一个道理：陌生的动物可能是极为可怕的敌人。

其实，比陌生的敌人更可怕的，还有布顿叔叔家的孩子安放在森林中的捕狐夹子。

实际上，布顿叔叔家的孩子们并不太会安放这种夹子。他们经常把夹子随意地丢在森林里，甚至一年也想不起查看一次。

如果有狐狸被他们下的夹子捕到，那肯定是非常愚蠢的那种。但凡是头脑稍微聪明一点的狐狸，就能躲开他们的捕兽夹。而对于聪明的狐狸而言，躲开捕狐夹子是一件非常容易的事，而且，还会觉得下这种夹子的人肯定是一个大笨蛋。

布顿家的孩子们经常在多米诺平时来往的路上安放捕狐夹子。多米诺总是嘲笑地看着那些夹子，然后，在旁边的石头上或是在被砍伐后的树桩上撒上一泡尿，以表达自己的轻蔑。

没过多久，布顿家的孩子们又学会了一种猎捕狐狸的新方法。那是从来自北方的樵夫那里获得的一种有气味的药，这种药能够像魔法一样吸引狐狸上钩。

这种带有气味的药的做法是：首先提取出海狸身上的油，然后把它和苦艾混合后榨汁，最后再把各种材料加进去——这是一种带有特殊气味的药。

樵夫对孩子们说：

"这种药，只需要两三滴就会让人发晕。狐狸闻到这种药就会像吃了迷幻药一样。只要把这种药涂在捕狐夹子上，狐狸就会自动过来。"

听了樵夫的话，布顿家的孩子立刻拿着装迷幻药的瓶子去了森林。

在原来安放的捕狐夹子上，他们按照樵夫所教的方法涂上了药。

对人类而言，这种药散发出来的气味没有任何作用。但对于鼻子非常灵敏的狐狸而言，闻到这种气味就极为简单了。

捕狐夹子安放好了。一天，多米诺正在森林里走着，忽然就闻到了那种药的特殊气味，随即，它顺着这种气味跑了过来。

多米诺的鼻子非常灵敏，它一边跑一边闻着那种气味。这种气味让它觉得十分陶醉，也引发了它的好奇心。就像人类听到响亮的喇叭声时总想找到那个喇叭，看看到底是什么东西一样。

多米诺追着这种气味跑了将近2000米，最终来到了一个再熟悉不过的地方——布顿家的孩子安放捕狐夹子的老地方。

多米诺十分瞧不起布顿家的孩子安放的捕狐夹子。通常情况下，它一看到夹子就会立刻离开。但是今天，它觉得周围的环境和过去有些不同，因此，就没有立刻离开。

其实，环境还是之前的环境，只是气味不一样而已。多米诺曾经以为脏兮兮的、满是烂泥的河岸，在夕阳的照耀下，也好像变得异常美丽。这说明，药的气味在多米诺身上发挥了作用，让多米诺产生了幻觉，以为周围的环境改变了。

多米诺觉得自己简直就像置身于瑰丽的幻境中。

它的鼻孔不住地翕动着，贪婪地吸着气：

"啊……"它边走边闻，就像一个醉汉。慢慢地，它的浑身上下都是这种奇妙的感觉，而它在这种充满魔法的气味的引导下，似乎一步步走入了让它心荡神驰的幻境。

前面就是捕狐夹子了，多米诺非常清楚，可是现在的它就像被控制住了一样，不由自主地朝着捕狐夹子走了过去。多米诺一路晃晃悠悠的，这种药已经完全控制了它。

走着走着，多米诺一头趴在了地上，用头拱地，将身体舒展开，美丽的银色皮毛凌乱地触到地面。它彻底陶醉在了幻境之中。

突然，伴随着"咔嚓"一声巨响，捕狐夹子弹了起来，紧紧地夹住了多米诺的后背。

"啊！"沉浸在美妙幻梦中的多米诺猛地一下如梦方醒，挣扎着想要站起来。没想到，它使劲一挣，竟然把背上的夹子挣了下来。如果这个夹子夹住了它的腿，那多米诺可能就要在这里待一辈子了。

终于，多米诺忍着伤痛逃走了。

9. 幸运的狐狸

和从前一样，布顿叔叔家饲养的鸡依然不断地失踪。

布顿叔叔因此非常生气，他冲着孩子们发火：

"你们真是太没用了！就连狐狸偷鸡的问题都解决不了。如果你们办不好，我就亲自去下捕狐夹子了！"

说完，布顿叔叔走进了森林。

孩子们下的捕狐夹子确实有很大的问题。其实，在下夹子的时候，需要先用火点燃杉树，然后用烟熏一遍捕狐夹子，直到彻底除掉铁的气味。这样一来，狐狸才更容易上钩。

接下来，布顿叔叔把迷幻药的气味也消除了。

"这种药只对笨狐狸才有效。聪明的狐狸只要发现气味异常，就会非常警觉，甚至根本不会靠近。用这种气味怎么可能引诱到狐狸呢？要知道，自然的气味才是对付狐狸的最好的方法！"

孩子们非常不理解，于是问：

"那是什么？"

"新鲜的鸡血！"

说完，布顿叔叔就像一个职业猎手那样，把夹子安放在地面上，然后把杉树枝放到夹子上面，再把鸡肉放在上面，最后才洒上新鲜的鸡血。

果然，两三个夜晚以后，多米诺被鸡肉的气味引到了这里。

"这里真的有美味啊！"

多米诺暗想，但是一转念，它记起自己曾在这里闻到过人和铁器的气味。

"那可太可怕了！"

但这次并没有那种药的气味，只有一种烟味。

"只有人才能弄出来烟味呀！"

多米诺暗暗地提醒自己。

它转向一旁，前面的烟味非常微弱。"还是太可怕了！"想到这里，它又一点点地向后退。

只听"咔嚓"一声，布顿叔叔安放的捕狐夹子一下子夹住了多米诺的脚掌。

"嗷——"多米诺发出一声惨叫，跳起来就想逃走，可是，那个夹子却将它拽了回来。原来，夹子上拴着一根长长的链子，而链子的顶端则却系在了一个树桩上。

多米诺用嘴咬住绳子在地上打着滚，想尽了一切办法，想把腿从夹子里弄出来。上一次，多米诺只用了一点力气就挣脱了夹子。可这次却没有那么容易了。这次是一个铁夹子，格外坚硬，而且夹得特别紧。

整整一天，多米诺一直在那里翻滚挣扎，脚上流出的血都把它的身体染红了。它被折磨得苦不堪言，不禁在心底暗暗祈求："索性让我死了吧！"

天马上就要亮了，四周突然响起了脚步声。

多米诺喘着气看向脚步声响起的方向，原来是之前遇到过的那头可怕的母鹿。

母鹿发现面前居然是曾经觊觎自己孩子的那只狐狸，一下子变得警惕起来，就连身上的毛都竖了起来。这时，母鹿猛然想起，自己上次居然没有伤到多米诺！

于是，母鹿朝着多米诺径直冲了过来，对它发动了凶狠的攻击。

多米诺想跳起来躲开，可链子拴着它，又把它拽了回去。

母鹿顿时明白了：多米诺根本没法动弹！它想要上去一脚踢死这只狐狸，于是放慢了速度，一步步逼近，样子非常可怕。

母鹿跳了起来，把全部力量都集中到了脚上，飞快地向多米诺的身上踢了过来。

只听"咔嚓"一声，传来一种坚硬物体相互碰撞的声音，好像是母鹿的尖蹄子踩到某种硬东西了。

母鹿从空中落下来的时候，多米诺忽然发现：之前一直被捕狐夹子夹着的脚居然获得了自由！

它立刻站起来逃走了。

摆脱夹子后的脚还是麻木的，它只好用三只脚飞跑。发现附近有一个栅栏后，为了躲开母鹿，它迅捷无比地钻了进去。

母鹿从后面追了上来，但因为身躯过于庞大，没法子跳过栅栏。就在这时，小鹿发出了尖厉的叫声，母鹿只好转过身回去了。

刚才那一瞬间究竟发生了什么？多米诺又是怎样弄开夹子的呢？

原因非常简单。刚才母鹿用力一踢，居然正好踢飞了捕狐夹子上的弹簧，于是，夹子就张开了一个大口子，多米诺趁机拔出自己的脚，侥幸捡回了一条命。

经过这次历险后，多米诺又一次领教了对手的厉害。从那以后，它总是把防守放在行动的第一位。也因为这一次，它后来才能多次躲开有铁器和人类气味的东西。只要闻到略有异常的气味，它就会避开。它知道，这些东西可能会把自己引到死神那里去——所有自己不了解的东西，都有可能是自己的敌人。

10. 女孩与跛足狐狸

那一年的整个夏天，多米诺变成了只能用三只脚走路的跛足狐狸。与此同时，它的觅食范围也被局限在了住在山脚下农户家的周围。

因为对人类心存恐惧，它就把自己的活动范围设定在农户家的果园、庭院的尽头和森林边上。

有一次，多米诺躲在草丛里，发现对面有光点在闪动，定睛一看，那些光点居然是正在草丛中下蛋的火鸡的眼睛。就在多米诺思考怎样才能吃到火鸡的时候，一个声音突然在它的身后响起："哎呀！这不是狐狸吗？"

多米诺转过头一看，发现那里正站着一个手提篮子的小女孩。

"你是不是又准备干什么坏事啊？"小女孩继续问多米诺。

多米诺听不懂小女孩的话，不过，它能明显地感觉到，这个小女孩对它没有恶意，甚至非常友善。

多米诺歪着脑袋，仔细地端详着这个小女孩。小女孩一边用温柔的声音和它说着话，一边从篮子里拿出吃的东西，扔给了它。

哇！这东西的味道闻起来太好了！它赶紧叼起那东西，急急忙忙地跑了。

几天以后，多米诺又一次光顾曾经发现火鸡的地方。这次，它准备把火鸡捉到手。但它嗅到了四周浓烈刺鼻的铁的气味，于是它马上向后退去。

其实，这一切都是小女孩亲自导演的。小女孩在想，怎样才能既不伤害狐狸又能保护火鸡呢？她从爸爸那里知道了答案：把各种铁片摆放在火鸡周围。如此一来，狐狸因为嗅到了铁器的气味，就不敢再靠近了。

果然，多米诺因为嗅到了铁器的气味，没有轻举妄动，不再想着追捕火鸡了。

很快，多米诺就在庭院外面发现了一只母鸡。那只母鸡正在那里趴着呢！于是，它就偷偷地走上前，一口咬死了这只母鸡，随后就把它拖进了森林里。

其实，这只母鸡正在孵蛋呢！多米诺把母鸡拖进森林里后，又立刻返回原地，把那些鸡蛋全都运到了森林里，找了一个地方埋了起来。当然，它也没有忘记清除掉鸡身上的气味。

而它把鸡蛋埋起来，是为了以后随时能够挖出来吃掉。

难道它不明白鸡蛋如果埋藏的时间太长，会腐烂变臭吗？

其实，大部分动物并不在乎这一点。当它们非常饥饿的时候，只要能有口吃的填饱肚子就行了，管那是不是腐烂的食物呢——这对动物而言根本不重要。

埋好鸡蛋以后，多米诺就回到了森林里，叼着母鸡回了家。

整个夏天，多米诺就这样带伤捕食。就算敌人出现了，它也只能这样用三条腿慢慢地移动。其实，多米诺是非常幸运的——一直追逐着它的猎犬库拉也因为摔伤了腿无法走路了。这样一来，多米诺在出去帮孩子们寻找吃的东西的时候，就少了一个可怕的敌人的威胁。虽然腿伤了，但在这一年的时间里，多米诺捕获了许多猎物。它甚至觉得，捕猎是一件非常快乐的事情。

就在那个夏天里，多米诺几乎每天都能带着活的猎物回到洞穴。在一般情况下，它的猎物绝不仅仅是一只小青蛙什么的。不管是什么猎物，它都要给孩子们上一堂训练课。

一天，多米诺在河边看见了一只正在吃河贝的香鼠！因为河的附近雾气弥漫，所以，当多米诺悄悄地靠近它的时候，香鼠根本就没有发现，还在"咔嚓咔嚓"地啃咬着河贝。多米诺偷偷地贴近它，动作灵巧地捉住了香鼠。

香鼠拼命地"吱——吱——"叫着，奋力挣扎着，用自己尖利的牙齿去咬多米诺。多米诺还是叼着香鼠回到了洞穴。一进洞穴，它就把这只香鼠扔到了孩子们中间。

小狐狸们最初发现香鼠的时候，动作有些犹豫，不敢上前。香鼠见此情景，吱吱叫着躲到了一边。看到香鼠并没有死，小狐狸们一拥而上，纷纷上前去撕咬香鼠。

其实，与普通的老鼠相比，香鼠的个头要略大一点，牙齿要略锋利一点，但根本不可能成为狐狸的对手。现在，本来力量就不强的香鼠又受了伤，于是小狐狸们就围住了它，就像一群猎犬在围攻一头小熊一样。

就这样，狐鼠之战开始了。一个颜色最黑、身体最结实的小家伙对这只香鼠非常感兴趣，它一次次冲上去咬住香鼠。经过认真观察，小黑狐狸已经非常了解香鼠的要害部位了。最后几个回合，它就一口咬住香鼠的咽喉，把香鼠咬死了。

就在小狐狸们围攻香鼠的时候，多米诺和"白脖子"夫妇两个则在一旁静静地围观，没有提供任何帮助。小狐狸们只有经过磨炼才能在以后顺利地捕获猎物。

小狐狸一天天长大了，它们的体形已经和自己的妈妈差不多大了。这时，它们也要离开狐狸家族的领地了。

最大的狐狸哥哥第一个离开家，然后是狐狸妹妹们。很快，孩子们全都走了，洞穴里只剩下了多米诺夫妇。

多米诺夫妇也时而分开，时而一起住。当然，它们并不是长时间分离，也常常一起回到洞穴里，彼此照顾，彼此帮助。

随着时间的流逝，多米诺和"白脖子"慢慢地忘记了骨肉分离的伤感——对于它们来说，真正的分离其实是死亡。

11. 猎捕大雁

初秋的时候，多米诺的脚伤已经慢慢痊愈了。伤好以后，多米诺很快又变成了山林间速度最快的狐狸，而且耐力也更加惊人。

现在的多米诺，雄性力量最强，浑身似乎有使不完的劲儿。它暗暗为自己拥有如此强大的力量而感到高兴。多米诺在这座山上曾经遇到过许多同类，但是，它们当中没有一个比它跑得更快。

在多米诺的眼中，讨厌的库拉是仅有的一个令它惧怕的敌人。

多米诺总是锻炼自己的速度、力量和耐力，好像是在为未来的某一天做准备。到了那个时候，它就能与真正的强敌作战了。

雁群是每年春秋两季光临大山的常客。它们伸展着长长的脖子，发出像大喇叭一样的叫声在空中飞翔。它们有时会停在大山上，但只是短暂地休息一会儿，找一点儿食物。

每当雁群从这里经过的时候，山里就会响起枪声。那枪声让多米诺知道，人类正在猎雁呢。

有一天，多米诺和"白脖子"在池塘里发现了一只大雁的尸体。它们把死雁捞出来吃了——那只大雁是在被人类打中后，挣扎着逃到池塘这里才死去的。

多米诺总是想利用自己的智慧抓到大雁，但一次也没有成功过。

有一天，多米诺和"白脖子"一起来到了河边。此时，正好有一小群大雁落到了河边的田地里。如今，田地里的农作物已经收割完了，地里只剩下光秃秃的秸秆。

多米诺和"白脖子"趴在河岸上，默默地窥视着田里的大雁。因为田地里没有什么可以作为掩护，所以，它们一时之间无法接近雁群。

多米诺和"白脖子"决定用一种巧妙的方法对付大雁。

有一片草丛一直向田地的中间延伸，多米诺悄悄地藏在茂密的草丛中。"白脖子"则藏在田地四周的草丛里，绕了半圈来到了田地的对面，然后从草丛里走了出来。

这时，在田地中间的大雁一个个伸长了脖子。很明显，"白脖子"已经吸引了它们的全部注意力。

大雁们相互提醒着："注意啦！狐狸来啦！"

"白脖子"跳了起来，在地上打了个滚儿，然后躺到了地上。之后，它开始匍匐前进。前进了一会儿后，它就把尾巴弯曲着摆动。就这样，它走一会儿，再停一会儿，慢慢地靠近雁群。

大雁们伸长了脖子盯着这只狐狸。因为狐狸与它们离得挺远，即便有危险，它们也有时间飞走。

就这样，"白脖子"时而前进，时而趴下，一点点地靠近雁群——狐狸总是用这种方法靠近并捕捉雁鸭等猎物。

一只年长的大雁经验十分丰富，它识破了狐狸的诡计，那只狐狸趴在地上根本不是匍匐前进，而是为了接近雁群。

这只大雁立刻向雁群发出警告："危险！"接着，这只大雁后退了一步，于是别的大雁也向后退了一步。就这样，大雁们一点点向后退，拉开了自己与"白脖子"之间的距离。

但是，就在它们向后退的同时，在田地另一侧的草丛里藏着的多米诺却被它们忽视了。大雁和田地另一侧草丛之间的距离不断缩短。当雁群觉得退得差不多，即将起飞的时候，多米诺猛地从草丛里蹿了出来，一口就咬住了那只老雁的脖子。

这对狐狸夫妇凭借自己的聪明智慧，成功捉到了大雁。

随着时间的推移，多米诺和"白脖子"之间的感情也越来越深厚了。

当树叶不断飘落的时候，秋天就要到来了。

十一月份的时候，在夜里，森林里的动物就会出现一些奇怪的举动。它们会变得非常忧郁，发出苍凉的叫声。直到现在，这种现象还存在着。

当然，多米诺和"白脖子"也不例外。它们会在秋夜的月光下表现出不同寻常的举止。

多米诺坐在山丘上，高高地仰起自己的鼻尖，向空中发出"嗷——嗷——"的号叫声。

它一叫喊，远处立刻就会响起其他狐狸的呼应声。而多米诺一听到呼应，就会马上向大山的最高峰前进。大山的最高峰的顶部周围全是悬崖，已经有几只狐狸在那里聚集了。

多米诺躲在悬崖的岩石后，小心翼翼地将身体隐藏起来，仔细观察着。这时，它的身旁又出现了一只狐狸，这只狐狸是偷偷地靠上来的，它是"白脖子"。

一只只狐狸在山顶周围出现，它们都弓着腰，向着山顶聚集。

终于来到山顶了，它们相对而坐，谁都没有出声。

过了一会儿，只听到"噜——噜——噜——"的声音，多米诺和别的狐狸一样，一边叫一边来回走动。"白脖子"也在里面，不过，它和多米诺在边叫边走的时候，看上去就像一对陌生人。

终于，月亮沉了下去，狐狸们也不再在山顶上又走又叫了，而是结伴离去，慢慢消失得无影无踪。

月夜里，狐狸们这样做的原因到底是什么呢？它们又为何这样做呢？这真是一个不解之谜。

这样的夜晚，狐狸们当然不会想到食物、爱情和战斗。

12. 猎狗的追击

冬天来了，狐狸们度过了恋爱的季节。很快，春天又到了。

如今，多米诺变得更加聪明了。在翻越山岭的时候，它不会像过去那样突然出现，而是先在山顶附近一点点地把头露出来，仔细地观察山岭的对面、侧面，确定没有可疑情况后，它才会翻越山丘。

有一天，在翻过了几个山丘之后，多米诺正站在山丘上眺望对面，突然发现一条巨大的猎犬在追赶一群绵羊。

那只猎犬迅速地追上羊群，然后冲上去，咬住了一只羊的喉咙。等它咬死那只羊以后，又接着咬死了两三只羊。

而那只猎犬居然是库拉！看到库拉如此残忍地杀害绵羊，多米诺觉得非常吃惊。

突然，"砰"的一声枪响从远处传来，库拉马上跑到旁边的岩石后面躲了起来。紧接着，伴随着另一声枪响，库拉被射中了。

受了伤的库拉飞快地逃到了岩石边的小山谷里，消失不见了。那个山谷里有一条水路，它从那里钻到水底，这样一来，追赶的人就无法发现它了。

同样，多米诺一听到枪响也立刻跑开了，它准备横穿原野，然后迅速地逃走，但不幸的是，它被人们发现了。

看到自己的十多只羊都被咬死了，羊群主人愤怒到了极点，他认真地观察着地面上的足迹，可是库拉的脚印被来回走动的羊群踏得无处寻觅了。

羊群主人没有多想便破口大骂："该死的狐狸！一定要逮到它，再把它杀死！"

起初，羊群主人鼓动附近的人去捕捉狐狸，但大家都不想这么做。

三月份的时候，连续发生了许多羊被咬死的事件。这下，人们开始主动要求去猎杀狐狸了。

当然，也有人持反对意见："在被咬死的羊的周围，也发现了大狗的足迹。"

但大部分人都坚信是狐狸把羊咬死的，一致认定"大山上的那只狐狸"就是罪魁祸首。

人们下定决心，一定要把那只狐狸捉住。

包括受害者和一些猎人在内的人都想捉住那只银狐，然后剥下它那漂亮的皮毛。如此一来，每一个参加围捕狐狸的人其实都在暗自打着自己的小算盘。

阿布是库拉的主人，他并未参加这次猎杀行动。因为阿布家和布顿叔叔家的关系一向很差。那一天，阿布到别的地方打猎去了。

猎人的队伍阵容十分庞大。这天，其中的一个小队出发了。

此时，"白脖子"正走在河流上游的山谷里。多米诺和"白脖子"依旧住在原来的洞穴里。

猎犬进入山谷后，很快，就闻到了"白脖子"的气味。这些猎犬疯狂地吼叫着，顺着"白脖子"的气味追了过去。农夫和猎人们却没有跟着追下去，而是在狐狸的必经之路上拿着猎枪等待狐狸自投罗网。他们知道：只要被猎犬追赶，狐狸就会跑向自己的领地。

"白脖子"早就听见了猎犬不间断的吼叫声。它知道，自己已经成了猎犬的追击目标。

　　这时的"白脖子"正挺着大肚子——它两三天之后就要生产了。这时候，要躲开猎犬的追踪真是一件极其困难的事情。可是它没有别的选择。

　　"白脖子"转身跑向山谷里的河边。如果天气良好，空气清新，那么河边就会很快除掉它的足迹和气味。然而，糟糕的是，那天积雪正在融化，地面上满是泥泞。

　　不一会儿，"白脖子"的全身上下都沾满了黏糊糊的泥巴，而且因为地面湿滑，它好几次差一点就摔倒了。

　　阳光和煦，地上的雪融化的速度更快了。"白脖子"的尾巴无力地耷拉了下来。一般情况下，在向前跳动时正常的狐狸是摇摆着尾巴的，只有在它们身体衰弱、浑身无力的时候，尾巴才会耷拉下来。

　　"白脖子"在泥泞的路上奋力挣扎，拼命向河边跑去。

　　山上的积雪已经融化了，雪水汇集到了河里，河水也涨了起来。这时，上涨的河水已经浸湿了小河上架起的圆木桥。

　　"白脖子"准备通过小桥，然后逃到对岸去，但是才走到中间，它就脚下一滑，掉进了冰冷的河水里，立刻被河水的激流卷走了。

　　河水中的"白脖子"奋力挣扎着游向岸边。因为浑身湿透，它的身体变得越来越沉重。

　　终于，它艰难地爬上了河岸，同时开始高声呼救。

不一会儿，回声传来了。可以确定，那是多米诺尖厉而短促的声音。

多米诺像旋风一般出现在了"白脖子"的眼前。

一看见"白脖子"，多米诺立刻就明白了妻子的处境。于是，多米诺在向前跑出 800 米以后又折返回来——这是为了弄乱"白脖子"留下的足迹。

猎狗的叫声越来越近。多米诺和猎犬之间的距离也不断缩短，从 300 米到 200 米，再到 150 米……

伴随着一阵"汪汪汪"的叫声，猎狗已经看到了多米诺。然后，它们就放弃了继续追踪"白脖子"的气味——既然已经看到了狐狸，自然不用再嗅气味了。

就在猎狗即将追上它的时候，多米诺一跃而起，离开了河岸。

原来，多米诺是要把自己当作诱饵，使用调"狗"离河计，救出自己的妻子。

就这样，多米诺引着后面的猎狗横穿原野。

突然，"砰"的一声枪响，多米诺感到自己的肚子上似乎被火给烫了一下。这下它才知道，原来自己的敌人不仅有猎狗，还有人类！

多米诺忍着疼痛，一鼓作气跑出了 5000 米，然后又跑出了 10000 米。

跑着跑着，面前出现了一个铁路岔口。多米诺又跑了 1500 米左右，然后偷偷地折返回来，再朝别的铁路线跑去。

猎狗们沿着多米诺原来的线路跑了 1500 米，很快，它们就迷失了方向，最后只好放弃了。而如此一来，多米诺就能暂时缓一口气了。

13. 邂逅库拉

多米诺无意间来到了一片陌生的土地上。尽管非常遥远，但是对它而言，无论如何，它都要回到自己的地盘，一定要见到"白脖子"。

一阵阵剧烈的疼痛从伤口处传来，多米诺觉得饿极了。多米诺在自己的地盘里到处都埋藏着食物。一开始埋藏食物的目的，就是想在危急时刻派上用场。而现在，它必须回到自己的森林里，这样才能尽快找到食物，免受饥饿的折磨。

就在这时，它又听到了猎狗的吼叫声。

多米诺大吃一惊，急忙朝山丘对面看了一眼。好家伙，它差点被吓晕过去。

那可是三十多只猎狗，它们一边吼叫着，一边攀登山丘。很明显，它们发现了多米诺留下的足迹和气味。刚才只有三四只猎狗在追赶，如今居然变成了三十多只！而且，还有几十个人在猎狗的后面跟着。

多米诺吓得浑身发抖，立刻起身逃走。此时，多米诺已经没有力气了，但是，它没有退路，只能逃向那片陌生的土地。

多米诺不停地跑，翻越过一个又一个山丘。它不知道自己已经跑了多久了，最后，它实在没有力气了。

在太阳的照射下，积雪依然在不停地融化，周围一片泥泞。这时，多米诺也浑身是泥，疲惫不堪了。

多米诺在内心里祈祷着天快些黑。一到晚上，天气就会变得非常寒冷，河面就会结冰。这样一来，它就能够把追赶的猎狗引到冰上，从而让它们葬身河里。

其实，猎狗们也已经跑累了。当然，跟在猎狗后面的猎人同样很累。猎狗的主人（那个个子很高的少年）就是阿布，如今，他已经长高了，看上去完全是一个青年人了。

直到现在，阿布才弄明白，这些猎狗居然正在追赶大山里的银狐。

多米诺还在雪泥里跑着，它感到剧烈的疼痛从侧腹传来，使它呼吸困难，奔跑的速度也明显变得越来越慢了。

不一会儿，它来到了一户农家，这是一个有着三间房子的庭院。恰巧，那个小女孩正站在门口，也就是多米诺曾经遇见过的拎着篮子的小女孩。

多米诺急忙跑到那小女孩的脚尖前面，然后趴到了地上。

至于为什么一见到这个小女孩就这样做，连它自己也不明白，只觉得或许这个小女孩就是上苍派来拯救自己的。

看到庞大的猎狗群正在追赶这只狐狸，小女孩连忙把多米诺带到家里，然后"砰"的一声，关上了大门。

追赶多米诺的猎狗一齐凑到这家农户的窗前，不断地吼叫着、骚动着，乱成一团。很快，猎人们也赶来了。

猎人们喊着："交出狐狸！"

这时，小女孩的爸爸大声叫嚷着从房子里走了出来。

"到了我家就是我的！"

外边的猎人不同意。渐渐地，女孩的爸爸也变得不耐烦了。尽管女孩尖叫着不让爸爸把多米诺交出去，可爸爸却捂着耳朵走开了。他很清楚：如果不交出这只浑身是泥的狐狸，一定会引发争执，那就要得罪众多邻居了。

外面的猎人大声喊着：

"我们可以退一步，让它先跑出400米，再让猎狗去追它！"

"不行！你们不能杀死我的狐狸！"小女孩嚷道。但是，她最终还是拗不过父亲，只好把门打开，让狐狸跑了出去。

随即，多米诺继续在雪地中逃命！

刚才，因为多米诺在小女孩家得到了短暂的停留，它的体力得到了某种程度的恢复。此时，多米诺趁机绕开山脚，跑过山丘，冲向山腰。终于，它再次回到了自己熟悉的地方。

多米诺只有一个念头——一直向前冲，不要停留。但是，多米诺做梦也没有想到，一条狗居然从它身后追了过来——它就是猎狗库拉。

多米诺历经重重劫难才再一次回到自己的地盘，正准备甩掉跟在自己身后的三十几只猎狗，不料库拉这个身体强壮的混蛋居然在这个时候出现了！

比起另外那三十几只猎狗，库拉和多米诺的距离更近。

为了逃命，多米诺的脚掌心都已经磨出了血，但它根本没法停下来。随即，它决定向着悬崖上的那条羊肠小道跑，以便将库拉引到那里。但是，库拉的一阵猛烈的吼叫声打消了多米诺的这一想法。接着，它掉头跑向了河边。

太阳眼看就要落山了，在夕阳的照耀下河水发着亮光，一堆堆大块的浮冰漂在河面上。

身后，猎狗的吼叫声在不断逼近。河面如此宽广，然而，为了绝地求生，多米诺只有冒险渡河这一个选择了！

多米诺跳到了漂过来的一大块冰上，然后，它在河里不断地跳跃着，从这块冰跳到那块冰。最后，它把与河岸距离较远的一块冰当成自己的落脚地。当它跳上去之后，那块冰就晃晃悠悠地载着它顺流而下了。

而追到岸边的库拉也跳到了一块冰上，这块冰在河里猛烈地摇晃着，同样顺流而下。

此时，一狗一狐都站在冰块上顺流前进。前面就是大瀑布了，可以听到前方传来的哗哗的流水声。

阿布也同时来到了岸边。

多米诺的那块冰向着岸边漂去，而库拉乘坐的冰块却漂向了河心。

后面追上来的猎狗也都抵达了河岸。但是，它们只能看着多米诺和库拉的身影在河转弯处一闪,然后就不见了。

很快,一声惨叫传来,那是库拉在河的转弯处发出的……

14. 美丽的六月

六月的山谷分外迷人,生活在森林里的动物们每天都享受着大自然的恩惠。

一天,一对年轻的恋人正走在宁静美丽的山谷小路上。他们手挽着手,悠闲地漫步。男孩身材魁梧,个子高高的,女孩则有着一双美丽的蓝眼睛。

他们登上了一座山丘,在那里并肩而立,欣赏着美丽的落日。

两人一句话也没说,四周也是静悄悄的。

一只狐狸默默地出现在开满鲜花的土坡上。奇怪的是,它不仅没有回避这两个年轻人,反而用轻柔的声音呼唤着。

没过多久,一只只可爱的小狐狸不知从哪里跑了出来,当然,它们是和妈妈在一起的。

狐狸妈妈的脖子上长着白色的卷毛,就像戴着一条白色的围巾。

狐狸妈妈一边留心观察着四周的动静,一边温柔地望着自己的孩子们。

草丛中似乎有什么东西在动。很快,一个动物的身影出现了。这只动物浑身发亮,嘴里还叼着不知名的猎物。

青年一直紧盯着那只狐狸，然后突然对女孩说：

"是的，就是它！它还是赢了！"

那个女孩也叫了起来：

"啊！这是我的狐狸！"

是的，这只狐狸就是多米诺，母狐狸当然就是"白脖子"了。

三年前的那个夏天，猎狗库拉漂到河中央，在河的转弯处，激流推挤着它冲下了大瀑布，库拉最终气力耗尽淹死了。而多米诺乘坐的冰块则在岸边撞上了岩石，在冰块撞碎的一瞬间，多米诺迅捷地游到了岸上，因而逃过了一劫。

于是，多米诺幸运地活了下来，继续与妻子"白脖子"过着平静而幸福的生活。

此时，夕阳那灿烂而温暖的光辉从对面的山顶穿过，温柔地爱抚着这对恋人。

望着银狐一家的幸福生活，他们之间的恋情越发浓厚了，就像火焰一样燃烧着。